世界经典文学名著大全

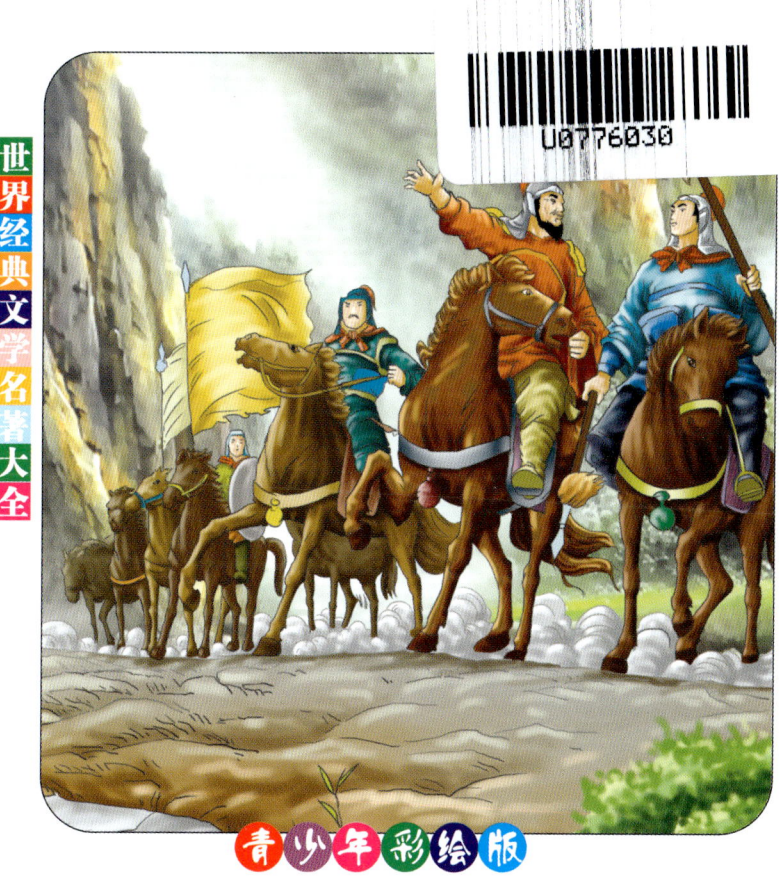

青少年彩绘版

杨家将

【明】熊大木 原著

王 谦 改编

当代世界出版社

图书在版编目(CIP)数据

杨家将 / (明)熊大木原著;王谦改编. ——北京:当代世界出版社,2013.6
(世界经典文学名著大全:青少年彩绘版)
ISBN 978－7－5090－0890－4

Ⅰ. ①杨… Ⅱ. ①熊… ②王… Ⅲ. ①章回小说－中国－明代－缩写 Ⅳ. ①I242.4

中国版本图书馆CIP数据核字(2013)第044406号

书　　名	世界经典文学名著大全(青少年彩绘版)——杨家将
出版发行	当代世界出版社
地　　址	北京市复兴路4号(100860)
网　　址	http://www.worldpress.org.cn
编务电话	(010)83907332
发行电话	(010)83908409
	(010)83908455
	(010)83908377
	(010)83908423(邮购)
	(010)83908410(传真)
经　　销	新华书店
印　　刷	三河市汇鑫印务有限公司
开　　本	710×1000毫米　1/16
印　　张	12.5
字　　数	170千字
版　　次	2013年6月第1版
印　　次	2013年6月第1次
书　　号	ISBN 978－7－5090－0890－4
定　　价	24.80元

如发现印装质量问题,请与印刷厂联系。
版权所有,翻印必究;未经许可,不得转载!

呼延赞展雄风横扫太行

呼延赞意气满满,披挂整齐之后飞身上马,让部下扯起大旗,上面写着"河东切齿仇"五个大字,带领三千军士浩浩荡荡开往绛州。

潘仁美使奸计陷害英雄

潘仁美大怒道:"大臣都立起居碑,你好大的胆子,竟然违反朝廷的法例!"随即命人把呼延赞押赴法场处斩。

杨家将降大宋平定河东

太宗得知杨业来归附,命八王亲自率众臣在白马驿迎候。

杨家将战辽兵一展雄风
杨业父子带领士兵,在平旷原野之处排开阵势。

杨令公遭陷害战死沙场

杨业回头对手下部将说:"我不能保护你们了,这里就是我以死报答圣上的地方,你们好自为之吧!"说着,一头朝石碑撞去,可怜一代豪杰,就这样陨落在李陵碑前。

杨六郎告御状欲雪冤屈

守军把杨六郎带到大堂之上,提狱官审问了一番,就把御状上交给皇上。

王枢密设计陷害杨家

杨老夫人一见六郎,便泪如雨下,说道:"你们父子八人投奔大宋朝廷,为国征战沙场,你父亲和兄弟们都命丧疆场,如今只有你还在。"

鲁焦赞杀佞臣惹祸上身

焦赞见谢金吾正在欢饮,随即冲向前去,大骂道:"奸佞弄臣,认得你焦赞爷爷吗?"随即一刀砍死谢金吾。众人一见,吓得四散逃走,焦赞一并追上,杀了谢金吾全家。

宋真宗观奇瑞被困边城

辽国早已得知宋朝君臣的动向,萧天佐、土金秀等率领十万人马,早已经把魏州城郭团团围住。

杨六郎救圣驾再立奇功

真宗召见杨六郎,说道:"将军辛苦了!将军救驾有功,朕要重重地封赏!"

杨宗保战桂英喜结良缘

穆桂英得知杨宗保应允了婚事,非常高兴,赶紧命人摆上酒宴,自己与宗保畅饮祝贺。

王枢密献奸计谋害重臣

王钦入朝拜见萧太后,萧太后一见王钦,真是怒发冲冠,拍案骂道:"你这个奸佞小人!我本以为你为大辽效忠,每次都相信了你的鬼话,谁知你谎报军情,让我们吃尽了苦头,你竟然还敢来见我!来人,给我推出去,把他碎尸万段!"

本书内容简介

《杨家将》是我国"三大家将小说"之一（另外两部是《薛家将》、《呼家将》），作者是明朝熊大木。

本书讲述了杨家几代人保家卫国的感人故事，更可喜的是故事中出现了杨门女将上阵杀敌的情节，这冲破了几千年的封建束缚，描写了妇女在社会上不可替代的地位，书中包括"十二寡妇破阵"、"穆桂英挂帅"、"佘太君点将"等人们耳熟能详的故事。

数百年来，杨家将抗击辽和西夏的故事一直在民间广为流传，杨家一门忠烈为国捐躯赴难，感动着一代代的读者。

本书自选角度，在《杨家将》原著的基础上，采用通俗易懂的语言重新编写，以方便小读者阅读。

目录

第一回　呼延赞报父仇横空出世..................1

第二回　呼延赞展雄风横扫太行..................6

第三回　杨令公挥金刀力退宋军..................12

第四回　潘仁美使奸计陷害英雄..................16

第五回　呼延赞战河东勇建功勋..................23

第六回　杨家将降大宋平定河东..................30

第七回　杨家将战辽兵一展雄风..................37

第八回　高怀德征辽国战死沙场..................46

第九回　杨家将保太宗血洒幽州..................51

第十回　杨令公遭陷害战死沙场..................59

第十一回　杨六郎告御状欲雪冤屈..................67

第十二回　赵元侃承皇位较量辽军..................75

第十三回	杨家将对辽阵大显神通	81
第十四回	杨六郎镇边关连收勇将	86
第十五回	勇孟良报恩情智盗良驹	95
第十六回	杨五郎救六弟大破辽兵	101
第十七回	王枢密设奸计陷害杨家	108
第十八回	鲁焦赞杀佞臣惹祸上身	113
第十九回	宋真宗观奇瑞被困边城	119
第二十回	杨六郎重出世召还旧部	124
第二十一回	杨六郎救圣驾再立奇功	130
第二十二回	吕军师助辽大摆天门阵	135
第二十三回	杨宗保得兵书识破奇阵	141
第二十四回	杨宗保战桂英喜结良缘	147
第二十五回	杨宗保显神通大破奇阵	154
第二十六回	王枢密献奸计谋害重臣	159
第二十七回	宋朝官议和平深陷绝地	164
第二十八回	杨家将救朝臣大战辽兵	169

第二十九回　杨延朗作内应大破幽州 175

第三十回　宋真宗诛王钦封赏功臣 181

第三十一回　忠孟良盗遗骨误杀焦赞 186

世界经典文学名著大全
·青少年彩绘版·

第一回

呼延赞报父仇横空出世

公元960年,赵匡胤建立了大宋朝。为了统一天下,他发兵征讨天下各方的异己势力,并迅速平定各镇,势不可挡。很快就要攻打到了北汉,北汉主刘钧赶紧召集群臣商议,谏议大夫呼延廷说:"陛下,以我们北汉的区区之地,是无法与大宋抗衡的。我听说宋君英武明理,不如我们归降大宋,一方面可以保全陛下您的江山,另一方面也可免去百姓征战之苦。"刘钧觉得有道理,正在犹豫之时,枢密副使欧阳昉说道:"陛下要慎重啊!北汉地处晋阳,地势险要,正是陛下您成就帝王之业的宝地啊!为什么要把江山拱手让给别人呢?那呼延廷通敌

宋朝,才会劝您投降。这样的奸臣应该诛杀!"

刘钧听了大怒:"既然是通敌的叛贼,那就拉出去斩首!"国舅赵遂深知呼延廷说的完全是忠诚之言,并不是通敌宋朝,于是极力劝阻国主刘钧,刘钧方才同意不杀呼延廷,但是把他削职为民。

呼延廷被削去官职,只好带领一家老小回归故里。一路行来,走到石山驿。这时已是日落西山,天色将晚,便决定在此处歇息。晚上,呼延廷与夫人对饮,想到自己忠心耿耿,一心为国,却被奸臣谗言陷害,不免叹息,直到深夜,还难以入睡。忽听外面呼喊嘈杂,火光四起,呼延廷慌忙惊起,家人来报有劫匪烧杀抢掠。呼延廷大惊,赶紧安排家人逃走,但是为时已晚,贼人已经闯了进来,将呼延廷一家老小全部杀死,抢走财物。可怜这位为国征战半生的老英雄,就这样死在了贼人的剑棒之下。

有道是老天有眼,不让忠良绝后,呼延廷的小妾刘氏见势不好,抱着幼小的儿子藏到茅房里,有幸躲过了这场劫难。贼人退去后,刘氏看到全家被杀,惨不忍睹,想到自己母子孤苦无依,不禁失声大哭。忽然听得有人问道:"你是谁家女子,为什么深夜在这里哭泣?"刘氏哭诉了全家被杀的情况。那人听后,长叹一声,说:"原来是呼延将军的家室。我叫吴旺,是河东府两院领给。杀你全家的人不是什么劫匪,是欧阳昉派部下假扮劫匪,要把呼延廷一家赶尽杀绝。你们母子大难不死真是万幸,但是这里不是久留之地,你们还是赶紧逃命去吧。"说完就走了。

刘氏抱着儿子正不知往哪里走,这时驿外喊声又起,又有一伙强盗来劫掠财物。刘氏被强盗带到他们的头目马忠面前,马忠问道:"你是谁家的女子,怎么抱着孩子在这儿呢?"刘氏哭诉了自己全家被杀的情况。马忠说:"竟然有这

样的冤情！你现在无处脱身，不妨跟我回山寨，等把孩子抚养成人，再让他替父报仇，你看如何？"刘氏一心只想为夫报仇，便抱着儿子跟随马忠等人一同来到山寨，马忠给孩子取名为马赞。

光阴似箭，日月如梭，转眼七年过去了，马赞已经到了上学的年龄，马忠送他进学堂读书。这孩子长的面如铁色，眼若环朱，真个就像唐朝的尉迟敬德一般。闲暇之时，马赞就学习兵法。到了十四五岁的时候，他就学到一身的好武艺，骑马射箭，样样精通。尤其是使得一支浑铁枪，更是神出鬼没，变化百般。马忠心中不胜欢喜。

这一天，马赞跟随马忠外出，路上看见几个脚夫抬着大石碑走过来，石碑上写着"上柱国欧阳昉"几个字。马忠看了愤愤不已，马赞见他如此气愤，非常不理解。马忠长叹一声，说："孩儿有所不知啊！欧阳昉这个人阴险狡诈，恶贯满盈。十五年前他害死了名将呼延廷一家，可怜啊，全家上下几十口都被杀死了。不过，听说呼延廷留有后人在世，只是不知为什么还没有为父报仇。"马赞听了非常生气，脸色涨得发紫，说道："世上还有这样的坏人！如果我是呼延家的后人，一定替父报仇！"马忠见他神色激动，趁机说道："这些事你母亲最清楚，还是去问问她吧！"

马赞回到家中见过母亲，便问起呼延廷一家被杀之事。刘氏一听，不禁泪流满面，就把当年发生的一切详细讲给儿子听。刘氏哭道："你就是呼延廷的儿子！我隐忍苟活十五年，就是要等到报仇的那一天！"马赞听得满眼是泪，只见他擦去泪水，双拳紧握，说道："孩儿现在就去找那老贼报仇！"说着跑出门去，却被马忠拦住。马忠说："孩子，那欧阳昉乃是河东权臣，势力很大，你很难接近他，怎么报得了仇？这事不能鲁莽行事，还得从长计议。"恰好此时有人来报："耿忠来访。"马忠带马赞出去迎接。

这个耿忠是马忠的好友，也是一个山大王。近日他得了一匹好马，叫做"乌龙马"，打算送往河东，卖给丞相欧阳昉。刚好路过此地，特来拜访马忠。耿忠看到马赞，便问马忠："这是何人？"马忠说："他是我收的义子，是呼延廷将军的亲生儿子，精通武艺，只是还没有时机为父报仇。"耿忠一听，说道："我有一计可以帮助贤侄报仇：我把乌龙马赠与贤侄，让他带去送给欧阳昉。欧阳老贼一定会赏给他官职，贤侄不要官职，只要在老贼身边养马。那老贼一定高兴答应，贤侄只需留在他身边见机行事，就可报仇。"马忠和马赞认为这个计策不错。耿忠当晚回归山寨。第二天一早，马赞拜别母亲和马忠，上马登程，前往河东丞相府。

这日，丞相欧阳昉正在家中闲坐，有家人来报："府门外有一少年，牵一匹好马，说是要献给丞相。"欧阳昉命人唤他进来。少年走进府内，只见他面如铁色，眼若环朱，正是呼延赞。呼延赞跪下行礼，欧阳昉问道："你是哪里人氏？"呼延赞答道："小人祖居马家庄，姓马名赞。最近买到一匹宝马，此马价值连城，小人特来献给丞相，以作进见之礼。"欧阳昉暗想："这个人一定是想要做官。"便问他想要什么官职。谁知呼延赞答道："小人不想做官，只是想服侍大人，为大人养马驯马。"欧阳昉见少年仪表不凡，又送给自己宝马，非常高兴，就同意把他留在自己身边。

呼延赞每日侍奉在欧阳昉左右，极力奉承他，很快就取得了他的信任。呼延赞小心从事，寻找报仇机会。此时北汉朝中大臣极力弹劾欧阳昉，北汉主刘钧罢免了欧阳昉的丞相官职，准他告老还乡，呼延赞跟随欧阳昉回到家乡。待到九月九日这天，恰逢欧阳昉的生日。欧阳昉准备好酒宴，与夫人畅饮。呼延赞闲坐无聊，独自来到院中，看到天上明月，不禁思念母亲。想到自己为报父仇来到此地，却至今没有杀死仇人，不禁心中怅然。

回到房中，呼延赞倒头躺在床上，朦胧中看见许多浑身是血的人跑到他面前，说："你的父亲被欧阳昉害死，你今天可以报仇了！"呼延赞一下子惊醒了，原来只是梦中。这时恰好欧阳昉派人来叫他过去，呼延赞怀中藏了一把尖刀，来到欧阳昉房中。

此时已近四更，周围寂静无人，欧阳昉还在酒醉朦胧之中。呼延赞想起家人惨死，不禁怒从心头起，上前一把抓住欧阳昉，说道："奸贼，你认识呼延廷的儿子吗？"欧阳昉一听，吓得魂飞魄散，连连求饶。呼延赞拔出尖刀，杀死欧阳昉，然后连同夫人和四十多亲近人等全部杀死。呼延赞报了家仇，临走时，在大门之上写下血书：

志气昂昂射斗牛，胸中旧恨一时休。

分明杀却欧阳昉，反作河东切齿仇。

呼延赞骑上乌龙马回到了马家庄，连夜向母亲报告。马忠听说他写下血书，大吃一惊，说："朝廷很快就会查到你的，我们家要大祸临门了！家中不可久留，你还是到耿忠、耿亮叔叔那里避难吧！"于是，呼延赞拜别父母离家而去。

世界经典文学名著大全
·青少年彩绘版·

第二回

呼延赞展雄风横扫太行

此时正值寒冬,冷风拂面,山路难行。呼延赞一路艰难前行。这一天,他来到一座高山之下,此处山高林密,极其难行。呼延赞心想:"这里一定有山贼出没。"这时,忽然听到一声鼓响,山坡之后走出几个山贼,挡住去路,向呼延赞索要过路钱。呼延赞大怒,举刀劈向小头目,二人战在一处。仅仅一个回合,小头目就被劈死在坡下。呼延赞举刀追杀其余贼人,忽然听到一声大喊:"侄儿还不住手!"呼延赞抬头看去,竟然是耿忠叔叔,呼延赞赶紧下拜。原来这就是耿忠驻扎的山寨,刚才的贼人正是他的部下。呼延赞慌忙赔礼,耿忠说道:"侄儿

不必内疚,不知者不为过嘛!"

呼延赞跟随耿忠上山,见过耿亮,述说了自己报父仇、留血书的经过,说明来投靠两位叔叔避难的来意。耿忠说道:"我们在此屯聚,不过是观察时局,待机而发。你来了,就做三寨主吧!"呼延赞忙起身拜谢。

呼延赞留在山寨,他每战必出,逢战必捷,很快就成了耿忠手下的得力干将。这一天,呼延赞主动向耿忠请战:"绛州地处河东,钱粮丰盈。叔叔借我三千军士,我即刻带兵攻打绛州,一定会满载而归,劫回的钱粮能提供我们两年的花费。"耿忠说:"侄儿不要轻敌。绛州的守官是张公瑾,此人足智多谋,有万夫不当之勇,你去攻打恐怕会被他生擒啊!"呼延赞说道:"叔叔不用担心,我带兵攻打绛州定然是马到成功,如果有什么闪失,侄儿愿以命抵罪!"耿忠见他志气不小,就答应了。

呼延赞意气满满,披挂整齐之后飞身上马,让部下扯起大旗,上面写着"河东切齿仇"五个大字,带领三千军士浩浩荡荡开往绛州。来到绛州城下,呼延赞命令士兵包围城池,对着城中高喊:"城上的守军,赶紧叫你们的长官把府库中的钱粮献出来,不然的话,我就踏平绛州城!"城上守军赶紧报告张公瑾。公瑾心想:"听说贺兰山新来了一个贼人名叫呼延赞,勇猛异常,无人能敌,想必就是这个人。"于是排兵布阵,披挂整齐,率领五百精兵出城迎战。呼延赞见张公瑾出城,骑着乌龙马来到阵前,和公瑾战在一处,二人交战三十多个回合,真如猛虎相斗,难分胜负。公瑾假装战败逃走,呼延赞紧追在后,刚过吊桥,只听得鼓声大作,万箭齐发,原来公瑾早已埋伏好弓箭手,只等敌人上钩。呼延赞手下的喽啰兵损失过半,幸亏他逃脱及时,逃得一条性命。

呼延赞此战失利,不敢回去见耿忠,一人骑马奔小路逃走,谁知又被此处的山贼马坤埋伏的喽啰抓住。马坤知道呼延赞去攻打绛州,就命人把呼延赞装入囚车送往绛州,交给张公瑾处理。兵士们押解呼延赞一路行来,这时天色已晚,当晚就在旅舍住宿。说来也巧,四年前八寨主李建忠在西京看戏时被官军捉住,刚刚越狱逃出,当晚恰巧在此处借宿。建忠得知被押在囚车中的是呼延赞,心想:"我在牢里就听说了,这呼延赞是勇猛之士,不知道怎么会被抓住,这样的英雄我应当救他!"于是他手提钢刀大喊道:"谁敢囚禁赞将军,把命拿来!"押送囚车的喽啰吓得四散奔逃,李建忠用刀劈开囚车救出呼延赞。呼延赞拜谢道:"多谢恩公相救,不知是哪路英雄?"李建忠说道:"我是第八寨的李建忠,都是自家兄弟,不必客气。"

第二天,建忠带呼延赞回到新建寨,见过寨主柳雄玉。柳寨主又惊又喜,设宴庆祝建忠的归来。酒席宴上,建忠对柳寨主说:"我带回一位英雄与你相见。"便叫呼延赞前来拜见。雄玉不知何人,建忠说:"这是相国之子呼延赞。"雄玉大喜过望:"久闻大名,今日相见真是幸会啊!"大家正在欢庆之时,忽然有人来报:"六寨主罗清带人在山下讨要赁土钱。"柳雄玉叹道:"自从哥哥你离开寨子,寨中实力空虚,罗清就趁机每年来讨要赁土钱。实在是搅得我们不得安宁啊!"建忠一听大怒:"看我生擒此贼!"呼延赞说道:"这样的小事,不劳哥哥大驾。请您给我二百人马,我把他活捉回来,来答谢您的救命之恩!"建忠笑道:"小弟勇猛,一定能马到成功!"呼延赞带二百喽啰冲下山去,与罗清交战,不到五个回合,呼延赞便一把抓住罗清,捉在马上带回寨中。

建忠大喜,大家举酒欢庆。谁知罗清的手下跑去报告了第五寨大王张吉,张吉带人一路杀来,攻打新建寨。呼延赞大怒:"我带人把他剿灭,以除后患!"说着领兵下山,只两个回合,就把张吉一枪刺死在马下。呼延赞带人追杀喽啰,索性灭掉了他的山寨。建忠、雄玉齐声称赞:"兄弟果然勇猛,真是名不虚

传啊!"

张吉的手下逃到太行山投靠了马坤,马坤听说呼延赞杀了张吉,大怒,随即命令长子马华带五百喽啰杀奔新建寨。建忠得到消息,准备带兵剿灭敌军。呼延赞说:"不用哥哥您劳神费力,今日暂且休息,明日小弟定下计策,一定杀得他们片甲不回!"建忠同意,下令手下坚守营寨,明日再战。

呼延赞回到帐中,心里一直在想破敌之策,不知不觉就睡着了。忽然看见一个火球滚入,呼延赞急忙把它赶出去,跟随火球来到一座宫殿,只见一员猛将,长得面如铁色,眼若环朱。他对呼延赞说:"听说你武艺高强,无人能敌,你敢跟我较量一番吗?"呼延赞说:"我只是个勇夫,愿听将军赐教。"那将军命人给呼延赞拿来鞍马武器,两个人来到院中,打了几个回合,呼延赞挥起钢枪向将军刺去,谁知却被他挟下马来。将军大声说道:"你一定要记住我刚才用的招数!"呼延赞突然醒来,才知道是在梦中。可是一看自己身上,刚才将军赐的盔甲竟然还穿在身上。他很奇怪,问手下士卒:"这附近有什么神庙吗?"士卒回答:"有一处破庙,不过已经年久失修了。"

第二天一早,呼延赞带手下小卒来到神庙,只见匾额上写着"唐尉迟恭之祠",走进殿内,见那神像竟然和自己梦中见到的将军一模一样。呼延赞心想:"看来真的是尉迟敬德将军显灵,神力助我!"于是跪倒便拜,说道:"他日我如能发迹,一定为您重修庙宇,以报答将军您的神力相助!"

呼延赞回到寨中,有人来报:"马华山下叫阵。"呼延赞领兵出战,和马华交战不到两个回合,就把他挟于马下,活捉回寨。马华手下的喽啰赶紧报告马坤,马坤大惊:"此将果然勇猛。"又命令次子马荣率领二百勇猛部将前往救助。马荣来到山下,和呼延赞交战二十多个回合,未分胜负。只见呼延赞忽然败走,马

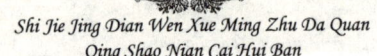

世界经典文学名著大全
·青少年彩绘版·

荣举刀急追。转过山坳,却不见呼延赞,马荣心知不好,刚要回转,只听一声大喝,那呼延赞已从背后举金鞭打向马荣,马荣只觉背上痛裂,口吐鲜血败走。

马坤郁闷不乐,不知如何才能破敌。马坤有个女儿号称"金头马氏",这几日见父亲面有忧色,上前请战。马坤说:"女儿有所不知啊!这呼延赞勇猛无比,你两个哥哥尚且不敌,你哪里是他的对手呢?"马氏说:"爹爹不必多虑,这个人只能智擒。我们在要害处埋伏人马,小女假装战败,把他引入包围圈,一定能生擒他!"马坤依计行事,派七千人马随马氏前往新建寨。呼延赞带兵迎敌,和马氏战在一处,三十多个回合没分胜负。马氏假装战败逃走,呼延赞骑马追了大约一里,见山后隐隐约约像有伏兵,便勒住马缰绳不再追赶,退兵回山寨了。

马氏回山寨见父亲,说道:"呼延赞深知兵法,我也没能取胜!"马坤更加忧闷。忽然有人来报:"第一寨主马忠来访。"马坤赶紧出帐迎接。当晚设宴款待马忠和刘氏。马忠见马坤面有忧色,便问:"哥哥为何事忧虑?"马坤便把与呼延赞交战的情况一一道出。马忠一听,说道:"哥哥不必烦恼,这件事交给小弟。"马坤说:"贤弟可不要轻敌呀!"马忠笑道:"放心吧哥哥,我自有办法。"

呼延赞和李建忠正在大帐议事,有人来报:"一队人马来攻打山寨。"呼延赞披挂上马,带人来到阵前,只听得一个女子的声音喊道:"赞儿不得无礼!"呼延赞一惊,顺声音望去,只见母亲和义父马忠站在对方阵前。呼延赞慌忙下拜。

呼延赞随母亲入军中,马忠说:"还以为你在耿忠寨中,谁知道你在这里争斗。马坤是我的结义弟兄,你随我去给他赔罪。"呼延赞随马忠来到马坤寨中,呼延赞跪倒赔礼。马忠把呼延赞的身世告诉了马坤。马坤说:"不愧是相国之子啊!"大家喝酒欢庆,马坤见呼延赞少年英雄,又是相国的后代,便有意将女儿金头娘嫁给他。马忠得知他的意思,欣然应允。谁知那金头娘虽然貌不出

众,但练得一身的好武艺,硬是要与呼延赞一决高低,只有呼延赞胜过她,她才肯嫁。呼延赞接受挑战,两人在教场上打得不可开交,二十多个回合不分胜负。金头娘见呼延赞枪法极其纯熟,就决定试试他的射箭,于是掉转马头就跑,呼延赞紧追其后。金头娘弯弓架箭,冲着呼延赞连射三支箭,都被呼延赞一一躲过。呼延赞拨回马头,金头娘回马追来。呼延赞搭弓射出一箭,正好射中金头娘的头盔。众人齐声喝彩,两家人都很高兴,为他们举办了婚礼。

第二天,呼延赞回到新建寨,见过建忠、雄玉,对他们讲了事情的来龙去脉。建忠、雄玉很是高兴,建忠说道:"既然是这样,那我们就是一家人了,不妨放了马华,我们也应过去拜访啊!"于是大家偕同马华一起来到太行山,见过马坤、马忠。各路英雄相见,恩仇已泯,真是皆大欢喜。众位豪杰依次而坐,开怀畅饮,好不痛快!有诗说得好:

豪杰相逢不偶然,一时会聚义全坚。

未交扶佐中朝主,先有威声震太原。

大家正在痛饮之时,忽然有人来报:"幽州耶律皇帝殿前名将韩延寿来访。"马坤赶紧把他迎进来。原来辽国的耶律皇帝驾崩,萧太后主持朝政,命韩延寿请马坤将军回国辅佐朝政。马坤说:"我隐入太行山就是因为耶律皇帝昏庸无道,现在新主执政,降旨召我回国,我哪里有不遵从的道理!"于是和马华、马荣带领五千人马随同韩延寿回国。呼延赞和妻子率二千人马镇守山寨,等候朝廷招安。

世界经典文学名著大全
·青少年彩绘版·

第三回

杨令公挥金刀力退宋军

开宝九年三月,宋太祖下诏书,任命潘仁美为监军,高怀德为先锋,统领十万精兵,浩浩荡荡向潞州开进。消息传到晋阳,后汉主刘钧大惊,急忙召集百官商议。赵遂主动请战,刘钧任命赵遂为行军都部署,刘雄、黄俊为正副先锋,点兵五万,抵御宋师。宋前锋高怀德早已布下阵营,后汉先锋刘雄战死,赵遂被杀得大败,逃到泽州驻兵。赵遂与黄俊等人商议:"宋兵的确凶猛,应该派人前往晋阳求救,否则泽州城难以保全!"黄俊说:"是啊!事不宜迟,如果宋兵围城,那就很难再保全了。"于是派人星夜赶赴河东,报告刘钧。刘钧召集群臣商

议对策,丁贵说:"此次宋军来势凶猛,很难抵挡。我看,只有再召请山后的杨令公,如果他发兵来救,一定可以打退宋军。"刘钧随即派郑添寿带上金银财宝,到后山去请杨业。

杨业接到诏书,与众将商议说:"宋发兵攻打汉,我们还是应该带兵救援。"杨七郎说道:"宋军来势凶猛,大人不要马上出兵,等到他们困顿匮乏的时候,我们再发兵也不迟。"王贵说:"常言说得好:'救兵如救火。'如果等到宋军兵临城下,那我们就好像是涓涓之流,即使发兵也是徒劳无益。我们必须马上出兵增援,也可以向汉主表示忠诚。"杨业认为他说得有道理,于是亲自与王贵率领手下精兵,开赴泽州。

潘仁美得到报告,说杨业已经带兵增援汉军,便与高怀德、党进、杨光美等商议,怀德说:"杨业是河东名将,武艺高强。明日交锋,我们派萧华打初阵,赵巍第二阵,我和我弟弟怀亮第三阵,您带领大军接应,这样部署可以确保胜利。"潘仁美很是赞同,即刻排兵布阵,安排妥当。

第二天,萧华带兵向前行进,恰好与杨业军队遭遇。两军对敌,杨业提刀纵马来到阵前,与萧华战在一处,只几个回合,杨业就举刀把萧华斩于马下。宋军大败,杨业带兵追杀,迎面又一支宋军队伍挡住去路,只见赵巍手绰一把大斧,纵马上前,与杨业交锋。打了二十多个回合,杨业挥刀把赵巍劈死。宋军见主将被杀,杨业凶猛无比,纷纷溃逃。高怀德听说后大惊,急忙和怀亮带领一万人马迎敌。杨业带王贵、杨延昭杀来,怀德、怀亮奋力拼杀才得以全身回营,宋军损失惨重。赵遂打开城门,迎接杨业进城,两军会合。

潘仁美见宋军受挫,敌方两军已然会合,便上奏太祖皇上主张议和。太祖知道当前形势对自己一方不利,同意议和。赵遂见宋军提出议和,不胜欢喜,于是双方达成协议，宋军班师回朝。

第二天，太祖的车驾由潞州回军，一路行来，走到太行山处驻扎。呼延赞等正在寨中议事，忽然有小卒来报："宋太祖攻打河东之地，战事失利而归，刚好路经太行，在山下驻扎。"呼延赞一听，很是高兴，他对李建忠说："我们在这里占山为王，虽然生活无忧无虑，可毕竟是贼寇啊！不如投奔宋军，为朝廷出力，建功立业，比我们做山贼强百倍啊！"建忠说："你说的确实有道理，可是我们怎么做才能让朝廷接纳我们呢？"呼延赞说："我们下山去，拦住圣驾，请求赐给我们衣甲三千副，弓弩三千张，供我们演练兵马之用。等太祖再次发兵攻打河东之时，我们充当先锋，就可以杀敌立功！"建忠觉得有道理，就派呼延赞领五千人马下山。

呼延赞带人马排开阵势，阻住宋军的去路。宋军前锋副将潘昭亮出马问道："谁敢阻住车驾？"呼延赞答曰："挡住圣驾，只是请求圣上赐给我们衣甲三千副，弓弩三千张，供小将寨中演习。等圣主再下河东，我等愿充当先锋。"昭亮怒骂道："中原多少英雄，要你们这些无名草寇有什么用？赶紧退去，我就留你一条小命。"呼延赞说："你赢了我的手中枪，我就放车驾过去。"昭亮大怒，挺枪跃马，冲向呼延赞，呼延赞举枪迎战。两马交错之时，呼延赞举起钢鞭，把潘昭亮打死在马下。

潘仁美听说儿子被打死了，痛心不已，又派出杨延汉、党进迎战呼延赞，不料二人都被捉上山去。高怀德听到消息很是吃惊："没想到这里还有这样的勇猛之将！"随即骑马迎战，两人打了五十个回合不分胜负。

太祖得知情况，亲自到阵前查看，只见两员虎将鏖战不止，便让杨光美前去问个究竟。光美山前说道："二位将军暂歇，圣上有旨。"高怀德赶紧掉转马头，

恭敬等候,呼延赞也退立在自己的队伍前。光美问呼延赞:"请问这位阻止圣驾的将军有什么要求?"呼延赞便把自己的归顺大宋之意详细说明,光美如实向太祖禀告,太祖早已看到呼延赞武艺高强,很是喜欢这个勇猛之将,听了他的要求,说道:"朕堂堂天国,怎么会吝惜三千衣甲弓弩?如果将军果真能够建立功勋,朕也不会吝惜爵禄,一定会重重地封赏你!"随即命人赐给他们精细衣甲三千副,坚实弓弩三千张,并封李建忠为保康军团练使,呼延赞为团练副使。呼延赞大喜过望,拜谢受命。

呼延赞回到寨中,请出被他抓住的杨延汉、党进,向他们赔礼:"刚才冒犯将军,还请将军恕罪。"二人说道:"是我们不了解将军的意图,才招致这样的误会,不是将军您的错。以后我们就要同朝为官,不必拘此小结。"延汉、党进回归宋军队伍。建忠、呼延赞回到山寨,日日演练人马,只等皇帝召见。

世界经典文学名著大全
·青少年彩绘版·

第四回

潘仁美使奸计陷害英雄

太祖赵匡胤回到东京汴梁,便觉身体不适,多日不能上朝。到了十月份,病情转危。太祖深知自己将不久于人世,他遵从母亲临终遗命,要弟弟赵光义继承皇位。太祖嘱托光义说:"朕看你龙行虎步,将来一定是太平天子。朕还有三件事未了,你要帮朕完成。第一件,河东之地一定要收取;第二件,太行山呼延赞,一定要召用;第三件,杨业父子都是良将,朕很爱他们的才能,想把他们召归我大宋。在金水桥边,造一座无佞宅供杨家居住,他们一定会忠诚于我大宋的!"光义跪拜受命。太祖又对儿子八王德昭说:"要做一国之君,是很不容易

的。我把皇位传给你叔叔,你要安心辅佐朝政。我赐给你一把金简,如果朝廷有奸臣,你就可以用金简诛杀他!"八王跪拜受命。

太祖驾崩,光义继位,他就是太宗皇帝。太宗派高琼前往太行山传诏书,宣李建忠、呼延赞入朝。建忠说:"圣上宣诏,岂敢违抗!只是这里与河东距离太近,如果把人马带走赶赴朝廷,河东之兵乘虚来攻打,山寨必定难保。不如呼延赞入朝,我在这里镇守山寨,圣上出兵攻打河东之时,我即刻率兵追随圣上出征。"高琼觉得有理,于是就和呼延赞、马氏带领二千人马回京城复命。

太宗见到呼延赞,只见他身材魁梧,凛凛威风,称赞不已。高琼把李建忠留寨待发的情况向太宗奏明,太宗说:"还是建忠考虑周全,那就让他暂时留守太行山。呼延将军刚到京城,不知有没有什么宽敞明丽的宅院可以让他居住啊?"潘仁美上前答道:"陛下,臣得知汴城东郭门有座皇府,明亮宽敞,现在有一千个壮兵看守,正适合给呼延将军居住。"太宗一听很高兴,就下令让呼延赞到皇府居住。

呼延赞和马氏带领部下来到皇府,哪里有什么明亮宽敞的大宅啊!只见一所破房,屋内墙皮脱落,四处屋角都布满蛛丝,满院子都是荒草,显然许久无人居住,也无人打扫修缮,四周院墙都几乎要坍塌了。只有五百守军,都是老弱之辈。呼延赞很不高兴,马氏劝他说:"将军息怒,我们在这里不过是暂时居住,等到圣上发兵攻打河东的时候,我们就可以离开这里了。"呼延赞想,也只能如此,就命令手下扫除安顿。第二天一早,呼延赞下令手下士兵每日到教场操练。

潘仁美派人密密探听呼延赞的动静,得知呼延赞每日早晚演练军队,从未荒废,部下号令严明,不允许私自入城扰乱百姓。潘仁美心想:"这个人绝不简单,日后一定能成就大事,我绝不能让他在朝中久留。"于是苦思如何赶走呼延赞。

呼延赞入朝的第四天，按礼节应该拜会潘仁美，呼延赞一早就来到潘府门外。门人进去禀报，潘仁美召呼延赞入府觐见。呼延赞小步快走来到阶前施礼道："拜见枢密使大人。多谢大人前日提携，小将才能入朝为圣上效力，小将愿意为大宋竭尽忠心，以报答先帝的知遇之恩！"潘仁美面无表情，过了好一会儿才说："你知道先皇留下的法例吗？按法例，山贼被召入朝，要先打一百'杀威棒'，用来警示他们不要再做强盗之事！"呼延赞从来没听说过会有这样的规定，很是惊愕。潘仁美喝令手下："依法执行！"手下人就把呼延赞推倒在阶下，重重地打了一百棒，把他打得皮开肉绽，鲜血直流。旁边人看见，没有人不感到心酸痛楚。

呼延赞回到府中，马氏见他神色黯淡，踉踉跄跄走了进来，赶忙过来询问。呼延赞就把被打"杀威棒"的事告诉了她。马氏说："既然是先帝有这样的法例，那也只能接受，将军还是要忍耐一下。"说完，就把暖好的醇酒递给呼延赞。呼延赞正觉得饥渴难耐，接过酒来就一饮而尽。谁知酒杯还没有放稳，就大叫一声，摔倒在地。马氏大惊失色，赶紧扶起他，呼延赞竟然气息全无。马氏大哭道："我们夫妇本来打算尽忠于朝廷，没想到却断送了自己的性命！"忽然一个军士走上前来对马氏说："夫人不要啼哭，将军还能救活。"马氏一听，连忙问道："不知您有什么办法？"军士说道："将军一定是被涂了毒药的木杖打伤，毒液渗入了被打烂的肌肉中，遇到热酒就会发作。小人有解药，将军服了就可以醒来。"军士拿出丸药，马氏喂呼延赞服下。呼延赞服了药，渐渐苏醒。大家都很高兴。马氏要重金酬谢，那军士坚决不肯收，他说："将军您住在这样的地方，还被毒杖打伤，一定是潘仁美陷害。他是当朝的权臣，如果您不赶快脱身，恐怕性命难保啊！"呼延赞听了很生气，朝中权臣当道，怎么会有自己的立身之地呢！于是带

领部下连夜赶往太行山。

呼延赞回到山寨,恰逢耿忠、耿亮在此。大家听说了呼延赞在京城的遭遇,气愤不已。建忠说:"潘仁美心胸狭隘,一定是因为你杀了他的儿子而怀恨在心,想置你于死地。"耿忠说:"给我二千人马,我有办法为侄儿申冤!"建忠拨二千人马给他们,耿忠、耿亮和呼延赞就带领人马包围了怀州城。城下鼓声大作,城内百姓惊恐不已。怀州知州张廷臣得知城外有贼人围城,来到城头观看。耿忠对廷臣说道:"我们围城并不想抢掠,只想为我侄儿洗脱不白之冤!"廷臣不知有何冤情,耿忠就把潘仁美陷害呼延赞的事情一一说来,耿忠说:"呼延赞为了自保才回到山寨,朝廷不知道原因,反而定他有擅离职守之罪。我们只是想请大人把这件事的真相上奏朝廷。如果朝廷能够除去奸臣,我们这些人都愿为朝廷效力!"廷臣说:"如果真是这样,我就向圣上奏明此事。不过你们要马上退兵,不要惊扰了城里的百姓。"耿忠下令人马退去,离城二十里安下营寨,等待消息。

张廷臣回到府中,写下奏章,派人星夜赶赴京城,把这件事上奏太宗。太宗看完奏章,大怒:"潘仁美有什么权力擅用私刑,屏逐忠臣!"随即命右枢密杨光美追查此事。杨光美派人请潘仁美到自己府中,对他说:"皇上对呼延赞之事非常生气,命我查办此事,不知道您有什么话要说吗?"潘仁美赶紧说道:"这件事还要大人您在皇帝面前多多美言,下官一定会报答您!"杨光美说:"那好办,请您和我一同上朝面奏皇上,我自有办法救您。"潘仁美赶紧拜谢。二人来见太宗,杨光美说道:"臣奉命追查呼延赞归山一事,确实与潘仁美没有干系。现在他知道自己有过失,来向您当面说明情况,乞求陛下能够宽恕他。"潘仁美说:"呼延赞自从入朝,就总是闷闷不乐,一直念念不忘回山寨,并不是臣把他赶走的。臣愿再次上山,请他入朝,与臣当面对质。如果真是臣的过错,臣任随皇上处置。"

八王说道:"陛下爱护帅才,仁美即使有过错,也应该给他改正的机会。不如再让他上山请呼延赞入朝,如果呼延将军能够回朝复命,那就不再追究他们两人的罪过了。"太宗觉得有理,就派潘仁美再上太行山,召呼延赞回朝。

呼延赞听说潘仁美来到山寨,怒从心中来,说道:"我差点把性命丢在这个人的手里,现在机会来了,不杀了他就难以解我心头之恨!"建忠连忙劝道:"贤弟不可,我们不是想要在朝廷建功立业吗?俗话说'小不忍则乱大谋',千万不要因为这点恩怨误了我们的大事!潘仁美是当朝的大臣,现在他传圣旨召你回京,你应该消除旧怨,按皇上旨意行事,也好免去你私自归逃之罪。"呼延赞听从建忠之言,和建忠迎接潘仁美上山,接了圣旨,款待潘仁美一行人等。

第二天,呼延赞和马氏随潘仁美下山。建忠命人报告耿忠,调回驻扎在怀州附近的人马。

呼延赞到京城朝见太宗,请求治自己私自逃归之罪。太宗说:"爱卿刚刚入朝,还没有立下奇功,所以朕让你暂时在皇城居住,等我们征讨河东之时,自然会重用将军。朕念你事出有因,免你逃归之罪。"呼延赞谢恩而退。

太宗宣八王进见,对他说:"听说呼延赞武艺高强,朕还没有亲眼见过。"八王说:"陛下想看呼延赞的武艺,这很容易。我们可以效仿唐朝御果园旧事,让他与人比试一番。臣愿装作小秦王,呼延赞为尉迟敬德,只是这单雄信,就由陛下到千军万马中去挑选了。"太宗同意,命群臣推荐可以作单雄信的将帅。潘仁美始终对呼延赞怀恨在心,想借此机会杀掉他,于是奏请皇上:"臣的女婿杨延汉,骑马射箭都很娴熟,可以充任此职。"太宗准奏。

延汉接受任命,心想:"一定是岳父想为儿子报仇,要借我的手杀掉呼延赞。当初我被呼延赞活捉,他对我有不杀之恩,现在我如果不救他,就是不仁不义

啊!"于是来到八王府中,向他说明内中原委。八王大惊,没想到潘仁美竟有如此狠毒之举,赶紧奏明太宗:"臣认为杨延汉本是呼延赞的仇人,不适合作单雄信参加比武。"太宗命人再重新寻找合适人选。高怀德举荐教练使许怀恩,太宗应允。

第二天,教场中旌旗飘展,鼓乐喧天。军队排列整齐,真是刀枪出鞘,盔甲鲜明。太宗对八王、呼延赞、许怀恩三人说道:"朕想看看你们的武艺,你们要使出全力比试,但不要伤到对方。"三人遵命。太宗赐给呼延赞一条金鞭,赐给许怀恩一柄檀枪,赐给八王画弓翎箭。

八王骑着高头骏马,挥鞭跑去。许怀恩打马追来,口中高喊:"小秦王你跑不了了!"八王转到箭垛之后,瞄准许怀恩射出一箭。怀恩眼快,闪身躲过,快马追来。八王又射一箭,怀恩再一次躲过。眼看八王就要被追上,场上的军士全都屏气凝神,只听呼延赞大叫道:"追将慢走,呼延赞前来救驾!"只见呼延赞手提钢鞭,策马急追,简直就是真正的尉迟敬德。怀恩见呼延赞追来,更显精神,他使出平生武艺,想生擒呼延赞,好在太宗面前表现出自己的不凡。

二人在场外打了二十多个回合,不分胜负。呼延赞心想:"我如果不活捉他,就不能显出我的本领。不过我要在皇上跟前把他捉住。"想到这,他回马就跑。许怀恩不知道他假装打败,策马急追。呼延赞快要跑到太宗跟前了,只见他突然回身,举起金鞭就向许怀恩打去,怀恩一下子就被打落马下。潘仁美等人脸色大变。太宗非常高兴,连连赞叹:"怪不得先帝念念不忘,呼延将军果然是英雄啊!"随即赐给呼延赞黄金一百两,骏马一匹,命他在天国寺居住。呼延赞谢恩退下。

这一天是二月初一,太宗退朝后,要到太庙烧香祭拜。当时的大臣们都在

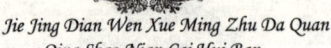

自己门前立着起居碑，就是为了迎接皇上驾临。如果没有这起居碑，就要被认为是对皇上的不敬。呼延赞对这些并不知晓，忽然有人来告知他："今天皇上要外出祭奠，官员们都要立起居碑，将军为什么不立？"呼延赞不知道怎么回事，准备穿好官服外出迎候，谁知恰逢圣驾来到。走在前面的正好是潘仁美。潘仁美大怒道："大臣都立起居碑，你好大的胆子，竟然违反朝廷的法例！"随即命人把呼延赞押赴法场处斩。当时的文武大臣都知道潘仁美是借此机会报私仇，但是都不敢为呼延赞求情。

八王随太宗祭奠完毕后回府途中，经过法场，见许多兵士押着一个五花大绑的犯人走进法场，便问："今天是圣上祭拜的日子，怎么还要斩杀犯人？"兵士把呼延赞冲撞御驾之事报告给八王，八王大惊，赶紧命令给呼延赞松绑，带他回府问明缘由。八王得知实情，很是愤怒。他想："没有立起居碑不过是小节，竟然被判死罪！一定是奸臣借机陷害。"八王随即入宫见太宗，奏明此事。太宗并不知情，听八王说明，就下令免去了呼延赞的罪过。八王担心呼延赞再被谋害，就对太宗说："陛下您身居皇宫，臣子如果遇到奸臣陷害，也很难传达到您这儿。呼延赞实在是难得的栋梁之才，我们要安抚他，不妨给他特别的优待。"太宗应允，传圣旨让八王发给呼延赞特别优待的证件。呼延赞得到证件，拜谢八王回到住处，没想到马氏听说丈夫获罪处斩，就带人偷偷逃回山寨了。呼延赞举目无亲，不免凄凉。

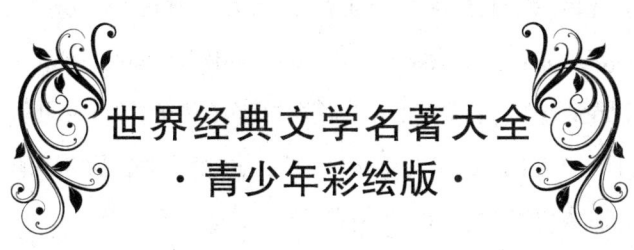

第五回

呼延赞战河东勇建功勋

朝中政事已然步入正轨,太宗不忘太祖临终嘱托,决定御驾亲征,收复河东之地。命潘仁美为北路都招讨使,高怀德为正先锋,呼延赞为副先锋,八王为监军,统领十万精兵,浩浩荡荡向河东进发。只见旌旗闪闪,剑戟层层,真是好不威风!

行军不到一天,就来到怀州。忽然有人来报:前面有伏兵拦路。呼延赞一听,马上带人跑到军前查看,原来是李建忠、耿忠、耿亮、柳雄玉、金头马氏一行人等。原来建忠等人听马氏回来说呼延赞获罪被杀,气愤不已。听说皇帝御驾

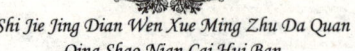

亲征经过此地，就带兵挡住去路，准备抓住仇人，给呼延赞报仇。呼延赞就把八王相救的事告诉了他们，大家很高兴。这时，高怀德带领人马赶到，听说呼延赞的兄弟们在此，很高兴，派人报告太宗说："现在有呼延赞的兄弟几员猛将，愿意跟随陛下攻打河东。"太宗大喜说："太好了，这次我们胜利更有保障了。"随即就封建忠等人团练使的职位，等平定了河东之地，回到朝廷还有封赏。建忠等人谢恩。

第二天，大军来到天井关。守关的将领是邵遂，有万夫不当之勇。邵遂和部将王文商议退兵之计。王文说："宋军来势凶猛，如果我们出关迎战，恐怕难以取胜。不如坚守关口，派人向晋阳求救，等援兵到来，我们前后夹击，就可以破敌。"邵遂说："宋军远路而来，我们趁他们疲乏之际出兵，一战就可以破敌，还用得着求救兵？"随即带兵出关迎敌。

呼延赞挺枪跃马与邵遂交锋。打了三十多个回合，不分胜负。呼延赞想活捉邵遂，就假装打败，跑回自己的阵营。邵遂骑马追去，呼延赞等他走近了，突然大喝一声，回转马头，一把就把邵遂抓到了自己的马上，活捉了他。

高怀德见呼延赞赢了敌将，率兵杀入敌阵。敌兵大败，死伤无数。王文不敢迎敌，骑马跑到陆亮那里去了。宋兵占领了天井关，太宗驻军关中。

第二天，宋军进攻泽州。守城将领袁希烈深知呼延赞的厉害，决定仗着坚固的防御工事坚守城池，不出城迎战。副将吴昌说道："我们泽州城高池深，守城士兵都是精兵良将，我年少之时就学习武艺，熟读兵书。请您允许我带五千人马，出城迎战，如果不能取胜，我们再采取坚守的策略。"袁希烈听从了他的建议，准许他带兵出城。

吴昌披挂整齐，带领五千人马出城迎战。只见对面军旗之下，宋军先锋呼

延赞横枪立马，真是好不威武。只听呼延赞说道："我们大宋兴仁义之兵，统一天下，只有河东之地还在负隅顽抗。你们这些人不过是瓮中之鳖，还是赶快投降吧！"吴昌一听大怒，骑马举刀来战呼延赞。呼延赞挥枪迎敌。吴昌没打几个回合就败下阵来，呼延赞乘势追赶。吴昌怕宋军趁机攻入城内，不敢进城，于是带兵绕过城门溃败而去。呼延赞不肯放他逃走，快马急追。眼看就要追上，只见吴昌回身射出一箭，呼延赞闪身躲过。吴昌见没有射中，一时慌不择路，跑进了沼泽，连人带马陷入了烂泥里。呼延赞的部下上前把他捉住，他的部下两千多人投降了宋军。

吴昌战败，宋军加紧攻城，袁希烈不知如何应对。他的夫人张氏，是绛州张公瑾的女儿，长得非常丑陋，号称"鬼面夫人"。可是她却有一身的好武艺，无人能敌。张氏对丈夫说："将军不要慌乱，宋军来势凶猛，我们不能力敌，只能智取。"于是与丈夫定下计策，明日再战。

第二天，袁希烈率精兵六千出城迎敌。呼延赞挺枪和他战在一处。谁知不到二十个回合，袁希烈拨马就跑，呼延赞和部将祖兴乘胜急追。跑着跑着，只见前面有一片丛林，呼延赞心想："不好，怕是有埋伏！"正要收兵，只听得四下里炮声震天，张氏带领埋伏的士兵冲出来，一时间万箭齐发，宋兵死伤无数。呼延赞赶紧带兵往回杀，迎面正好遇到张氏，两人交战两三个回合，呼延赞被张氏刺中左臂，他忍着伤痛奋力突围而去。祖兴也率领余部冲出重围，谁知被袁希烈回马追杀，希烈一斧将祖兴杀死在马下。

呼延赞回到军中，心中怅然不快：自己受伤不说，还损失了一员大将，真是败得太惨了！金头马氏听说张氏如此厉害，说道："既是这样，我们还需智取。"于是对外宣说呼延赞受了重伤，一时不能出战。又命令那些老弱士卒每天不要训练，只是洗马，做出要退军的样子。

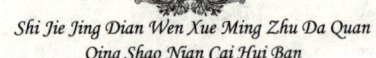

世界经典文学名著大全
·青少年彩绘版·

一连几天,袁希烈得到通报:宋军没有要出战的迹象。张氏说:"呼延赞是宋军的主将,那天他被我伤到一枪,宋军中必定无人敢再战,军心一定懈怠。我们不妨乘机出兵,一定会重创宋军,他们退兵的日子就不远了。"袁希烈说:"夫人说得对。"随即带领七千精兵从南门杀出,宋军不战而退。袁希烈自以为得计,带兵长驱直入,杀入宋军阵营中。迎面遇到高怀德,两人交锋才两个回合,就有人来报:"将军不好了,宋军已经攻入东门了!"袁希烈大惊,赶紧跑马往回杀,刚好遇到呼延赞,袁希烈不敢恋战,突围而逃,呼延赞追上前去,挥舞金鞭,把袁希烈打死在马下。张氏冲出重围,只带了几百人逃往绛州去了。

呼延赞带领宋军夺取了泽州城,这正是:

精兵排下势如龙,慷慨英雄几阵中。

敌国未平心激烈,夺旗斩将显威风。

太宗非常高兴,进驻泽州城。呼延赞继续进军,来到接天关。守将陆亮方和王文商量退兵之策,王文说:"我们这里关隘险固,易守难攻。宋军劳师远来,我们只需坚守,等他们粮草耗尽,自然可以不战而退。"陆亮方觉得有道理,就下令按兵不出,坚守关口。宋军前锋呼延赞屯扎在关下,下令部下紧攻关口。关上守军一面开弓放箭,一面扔下木头石块,宋军不能上前。建忠说:"此关形势险峻,易守难攻。我们不妨先停止攻击,看看有没有什么可以巧取办法。"呼延赞下令停止进攻。

一连几天,呼延赞愁眉不展。忽然有人来报:"营外有一个老兵,要见将军。"呼延赞命人唤他进来。老兵来到帐前,说道:"听说将军攻打此关,特来献策。"呼延赞很是奇怪:"你有什么样的计策可以攻克此关? 说来听听,如果可行,我一定向皇上举荐你。"老兵说:"此关地势极高,所以叫'接天关'。守将陆

亮方没有什么智谋,只是一介勇夫;辅助他的王文却是智谋宏远,颇懂得用兵之术。如果他们固守关口,不出来作战,将军就算带领再多的人马,守上一年,也不能攻破此关。将军有所不知,山后有一条小路,虽然崎岖难行,但是可以通过。守将是李太公,将军可以向他借路通过,直到河东的北部边境,都是畅通无阻啊!"呼延赞一听,真是喜出望外,说道:"一定是上天派你来帮助我的!我一定向皇上举荐你,保你有荣华富贵!"那老兵却并不愿得到封赏,告辞而去。走到营外,竟然化作了一缕清风,飘然而去。呼延赞大惊,知道是神力相助,赶紧望空而拜。

第二天,呼延赞派柳雄玉带五千人马,前往李太公关中借路。李太公名叫李荣,有两个儿子,长子李信,次子李杰,都有武艺。李太公知道宋军攻打接天关,命令手下人严守此地。这一天,宋军使者来见李太公,要求借路通行。李太公大笑说道:"此处本是通往河东的咽喉要道,和接天关互相呼应,来阻断宋军前进之路。如果我答应你从此地进兵河东,岂不是割我自己的肉来喂给别人!快快回去报告你们主将,有胆大的就来送死吧!"

雄玉听了使者的汇报,非常生气,率领部下在关下叫阵。忽然关上一声鼓响,李信带五百健壮的军卒从关上直冲而下,雄玉来不及后退,被李信刺死在关前。宋军败走。

呼延赞听说雄玉战死,痛心不已。建忠说:"现在前关不敢出兵,我们让高将军攻打前关;我们率兵先去攻打此关。"李太公得知呼延赞带兵来攻打,知道自己的力量不足以抵抗,就派人到前关求救。王文带领三千精兵前来三镇关相助。王文对李太公说:"这里是平川之地,适合速战速决。您坚守关口,我和令郎合兵攻打宋军。"太公应允。

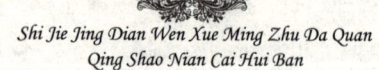

世界经典文学名著大全
·青少年彩绘版·

第二天,王文与李信开关出战。王文手拿方天戟来战呼延赞,只打了几个回合,王文就假装失败逃走。呼延赞知道王文善于用兵,想要活捉他,骑马追了上去。忽听一声炮响,李信带领一队人马绕到呼延赞背后,截断他的退路。呼延赞大怒,打马上前追上王文,挥起一枪,就把他拨于马下。手下部将一起上来把王文捉住。呼延赞回马又和李信交锋,李信见王文被捉,心里害怕,一时慌乱,赶紧收兵回到关内。

呼延赞回到营中,手下押着王文来见。呼延赞接出帐外,亲手为王文松绑,请他入座,说道:"刚才争战之时不免冒犯,多有得罪,还请阁下恕罪。"王文说道:"我不过是被捉之将,我的生死掌握在您的手中。您不必这样殷勤。"呼延赞说:"小将本是河东出身,现在为大宋朝效力尽忠。将军您有胆有识,却侍奉河东汉主,真是一颗明珠落入泥淖之中啊!不如将军和我一同侍奉宋主,共建奇功,也好留名千古。"王文沉默了好一会儿,说道:"俗话说得好,'良禽择木而栖,贤臣择主而事'。我愿意在将军帐下听令,只是我王文也不是什么贤才,惭愧啊!"呼延赞大喜,说道:"将军太谦虚了!我们还是谈谈进攻之策吧!"王文说:"打仗也要随机应变。李信看见我被抓住,一定会闭关死守,不会再出关迎战了,将军又能怎么样呢?不如我们先去攻下接天关,然后再攻打这里就很容易了。"呼延赞点头称"妙"。

呼延赞带领老弱之兵来到接天关,夜半时分,呼延赞命令士兵点起火把,开始攻城,一时间喊杀声四起,炮声隆隆。陆亮方赶紧命令关上守军射箭,扔下木头石块,砸向敌人。忽然王文带领一支队伍从东北角杀进宋军重围,宋军一时大乱。王文一直冲到关下,高声叫道:"宋军已经被打败,关上可以出兵来接应我!"陆亮方听说是王文,赶紧带兵接应。谁知刚一出关,就被呼延赞断去后路,王文乘虚杀回来。陆亮方才明白自己上了王文的当,赶紧骑马逃走,呼延赞追

上前去，一枪把他刺死在马下。李建忠早已埋伏好的伏兵乘机杀入关中。关中士兵进退无路，只好弃甲投降。消息传到三镇关，李太公大惊，随即带着两个儿子放弃守关，逃到河东去了。

呼延赞非常高兴，对王文说："这样一座险要的雄关，如果没有您的帮助，就算是打一年，也攻不下来呀！"王文谦虚地说："只不过是侥幸成功，何足挂齿？"

绛州守将张公瑾，听知宋兵攻占了接天关，大惊失色。刘炳说道："宋军来势凶猛，长驱直入，如此坚固险要的接天关都已经失守，我们绛州这地平之城又怎么能抵挡宋军呢！不如投降，还可以让百姓免受战争之苦。"公瑾觉得有理，就派人向呼延赞请求投降。呼延赞报告太宗，太宗大喜，进驻绛州城，安抚城内百姓，下令前锋呼延赞、高怀德等人，合兵进攻河东。

消息传入河东，汉主刘钧大惊，赶紧派人前往大辽求救。辽国萧太后随即命令南府宰相耶律沙为都统，冀王敌烈为监军，率领精兵二万前往救助。宋太宗派呼延赞、高怀德、郭进等人迎敌，两军在白马岭交锋。辽军惨败，著名的北地英雄敌烈也被郭进斩杀在白马岭。辽军仓皇撤军。

世界经典文学名著大全
·青少年彩绘版·

第六回

杨家将降大宋平定河东

　　刘钧听说辽军大败而走,大惊失色,赶紧召集群臣商议对策。丁贵说:"现在形势紧急,国家危在旦夕,陛下只能是再召杨令公,来救国难。"刘钧说:"杨家多次出兵救我于危难之中,只是当年他和大宋有泽州之盟,双方讲和而归,杨家一直就称念大宋的恩德。我怀疑杨家和大宋有通好之意,所以不愿再召他出征。"丁贵说:"陛下以仁义待人,对杨家一向是恩宠有加,何况杨家父子都是忠义之士,怎么会辜负您的圣恩呢!"刘钧沉思片刻,同意召杨家将前来相助。

　　杨令公接到诏书,有些为难:汉主下诏书要求出兵,如果不去,就有违抗命

令的嫌疑,况且汉主一向待己不薄;如果出兵,那就违背了当年和大宋订立的盟约,就是失信。如此左右为难,很难决断。王贵说道:"将军您是忠义之士,主上有难,哪能不去救助呢?"令公觉得有道理,于是令王贵镇守应州,自己亲率七个儿子,带领精兵三万,前来救应河东。

消息传到宋军,主帅潘仁美召集各位将领商讨应敌之策。高怀德说:"杨令公本是强劲之敌,过去我们和他几次交锋,都没有占过上风。现在他带兵来战,我们不可能一蹴而就,还应该谨慎对待,从长计议。"呼延赞说:"小将也听说过杨家父子英勇善战,天下无敌。不如我先带人和他们拼杀一阵,探探他们的虚实再说。"潘仁美同意了。呼延赞带领八千人马前去应敌。

杨令公在卧龙坡安营扎寨。有人来报:"宋军来战。"令公的第五子杨延德随即带五千精兵出战。杨延德和呼延赞连战四十多个回合,不分胜负。呼延赞心想:"人们都说杨家父子英雄盖世,果然是名不虚传!"此时,二人战马已经乏力不支,杨延德说:"马力困乏,我们明天再战!"于是双方收兵回营。杨延德回到帐中,见令公说道:"那宋将英勇无比,与我大战四十多回合,未分胜负。"令公说:"近来听说宋军中有一员虎将叫呼延赞,武艺精湛,莫非就是此人?明天我要亲自会会他!"

杨七郎想立首功,于是偷偷带领三千人马,潜出营寨,来劫宋营。当晚潘仁美正与郭进、高怀德在军中谈论兵法,忽然间灯火全部灭掉。潘仁美很吃惊:"莫非是什么不祥之兆?该不会是杨家将今晚来劫营寨?"潘仁美马上命令士兵准备好弓箭,严加戒备,以防不测。

杨七郎认为宋军必无防备,带领部下冲进宋营。忽然营内一声鼓响,埋伏好的宋军万箭齐发,箭如雨落,被射死的士兵不计其数。七郎赶紧带兵撤回。

令公大怒说:"不听将令,随意出兵,损失了这么多兵将,按军法当斩!"随即命令手下人把七郎拉出去斩首。令公手下将领张文进劝道:"七将军虽然有罪,也是为国事着想,立功心切,情有可原,还请令公饶他不死。"令公说:"我们是父子至亲,但他触犯军法,法律面前我不能考虑个人私情,一定要斩!"众将看令公坚决要斩杀七郎,全都跪下为七郎求情,令公无奈,下令暴打四十大板。七郎被打得鲜血淋漓,匍匐在地上谢罪退下。

对战双方各自整顿,十几天没有战事。这一天,潘仁美率高怀德、呼延赞列队出兵,对阵杨业也带兵出战,杨业金盔银甲,白马红袍,左有延朗,右有延昭。父子出阵,威风凛凛。潘仁美心里暗暗称赞。

双方对阵厮杀,呼延赞和杨延朗交锋,七十多个回合不分胜负。忽然宋军阵中鸣金收兵。呼延赞退回阵营,原来太宗看见杨家父子,果然是英雄豪杰,想到太祖临终嘱托,决意要招降杨家将,所以鸣金收兵,商讨招降杨家将的策略。

当晚,太宗回到营中,心中只想如何招降杨业,只觉得无计可施,因此闷闷不乐。八王深知太宗心思,献计说:"如果我们派人到河东离间刘钧和杨家的关系,不愁杨家将不归降我大宋。"太宗大喜,派杨光美带着黄金千两、绸缎千匹,以及各种珍宝前往河东。

杨光美连夜来到河东赵遂的家中。这赵遂是刘钧的宠臣,刘钧对他言听计从。光美送给赵遂黄金、绸缎。赵遂本来就是贪财小人,看到如此厚礼,喜不自胜,便答应为光美做事。光美说:"我们中原与河东本来没有什么深仇大恨,我们派兵来,也不过是为了同你们讲和。谁知道那杨家父子,仗着他们有些勇力,一心想炫耀他们的兵威,让我们两国不能和好。况且,就算他们战败,那也只能是把灾祸带给河东;如果他们战胜了,那汉主一定会更加宠幸杨家。大人您到

时候恐怕会在汉主那里失宠啊!我们主上是想让大人您在汉主面前美言几句,让汉主下令杨业撤兵。那时候汉主会派大人与我们议和,假使河东与中原永远停战,成为兄弟友邦,那可都是大人的功劳啊!汉主一定会更加宠幸大人您的!还希望大人能认真考虑一下。"

赵遂本来就嫉贤妒能,听了光美这一番话,心里就更加害怕杨家父子在汉主那里得宠,于是说道:"大人放心,我赵遂自有办法,一定会除掉杨业父子。"

赵遂一方面暗地里让人散步谣言,说杨业接受了宋人的贿赂,准备与宋军联手,共同来攻打河东;又暗暗派人告诉宋军,十日半月之内不要和杨家将交战。

刘钧听到谣言,就每日督促杨业出战。杨业奉命每日出兵讨战,宋军任他如何叫骂,就是不出兵迎战。杨业无计可施,此时河东谣言纷纷,愈传愈烈,杨业心中很是慌乱。

赵遂趁机进见刘钧,说杨业收受了宋军贿赂,要带兵投降大宋。刘钧大惊,问道:"国舅是怎么知道的?"赵遂说:"这件事我早就知道了。当年杨业出兵去解泽州之围,私自与宋人议和退兵,我觉得国家正在用人之际,没敢向陛下禀报。现在杨业带领军队驻扎前线,却观望不前,不与宋军交战,很明显他是要背叛陛下啊!这种情况连普通百姓都知道了,绝不是我一个人妄加揣测啊!"刘钧听信了赵遂的话,问道:"那我们该怎么办呢?"赵遂说:"陛下降旨,宣杨业回朝商议国事。陛下只需在大殿之下埋伏好武士,等他进殿,乘其不备,把他拿下。"刘钧听从了他的建议,命杨业回朝。杨业来到殿前跪拜,左右埋伏好的武士一起冲出来,把杨业抓住。杨业不知缘由,大惊说道:"臣并没有犯罪,陛下为什么抓我?"刘钧大怒,骂道:"你收受宋军贿赂,有通敌谋反之罪!"随即下令

把杨业推出去斩首。朝中重臣纷纷相劝,丞相宋齐丘说:"杨家父子,忠诚勇猛,哪里会背叛呢!陛下不要轻信谣言而误杀忠臣啊!"丁贵说道:"当前,宋军人兵压境,我朝正是用人之际,陛下不如先让他出战,如果战败再杀他也不迟!"刘钧准奏,命令杨业速退宋军。

杨令公回到军中,心中非常不快。几个儿子听说了父亲的遭遇,非常气愤。延德说道:"既然汉主听信谗言,陷害我们父子,不如我们干脆就带领人马回应州,等到宋军攻破河东,让那刘钧去后悔好了!"令公说:"我们带兵来征战,本来是为了尽忠于汉,哪里有退兵回去的道理呢?你们只管明日出战就可以了。"第二天,杨延嗣、杨延朗出兵叫阵,宋军照例不出兵。

太宗听说刘钧要杀杨业,就和谋臣商议如何招降杨业。杨光美说:"臣愿前往说服杨业。"太宗应允。光美来到杨业的大寨外,有人来通报,杨业想:"当年正是此人来议和,我对他很友好,致使汉主怀疑我通敌。现在他又来了,一定有什么目的。"于是命令二十个健壮的士兵,埋伏在帐外。光美昂首阔步来到大帐,只见杨业端坐在帐中,七个儿子分立两旁。杨业问:"你来这里做什么?"光美说道:"我特地来劝将军归顺我大宋。"杨业大怒,大喝一声:"给我拿下!"帐外二十人冲进来,抓住光美,杨业随即命令推出去斩首。延嗣说道:"父亲息怒,我们不妨听听他说什么,再斩不迟。"杨业应允。光美毫无惧色,高声说道:"俗话说得好:'良禽择木而栖,贤臣择主而事。'将军带兵援助河东,本来是尽忠尽职,可是却无端遭到猜疑,险些引来杀身之祸。我大宋皇帝是仁德之君,中原各地均已归附,只有河东之地尚未平定。依现在的形势,平定河东指日可待!自古以来,贤士都是弃暗投明,还请将军三思!"杨业沉吟不语,好一会儿才说道:"我今天不杀你,你回去让宋军中勇猛善战的将士同我作战。"光美不慌不忙退出帐外,不经意间从袖子中掉出一页纸,光美假装不知,离开大寨。

杨家将

杨延德打开掉落的那页纸，竟然是一幅画。上面画有无佞宅、梳妆楼、歇马亭、圣旨坊，很是富贵华丽，还写有"接待杨家父子之所"几个大字。兄弟几人细细观看，延辉说："先不要走漏消息，如果汉主不善待我们，我们就归附大宋！"大家把画藏好，不让令公知道。

一连多日，汉主刘钧派人督战，却不给粮草军饷。杨家军中上上下下的军士们很是不平，议论纷纷。杨业无奈，只得下令，回师应州。

太宗得知，随即按杨光美的计策，派人到应州散布谣言，说杨家父子有抗兵私逃之罪，刘钧要联合大辽出兵讨伐他们。杨业听到这一消息，很是不安。军中将士也惶惶不安。夫人佘氏见令公面有忧色，便问因由。令公便把情况告诉了夫人，夫人说："既然汉主不信任，那就不如归附大宋。"令公说："只是不知道大宋怎样对待我啊！"五郎延德刚好来见父亲，得知父亲的疑虑，便把那天光美掉落的画拿给父亲看。杨业看后，一夜未眠，反复斟酌，决定归顺宋朝。

太宗得知杨业来归附，命八王亲自率众臣在白马驿迎候。不多时，杨家军马来到。大路两边，文武百官侍立迎候，八王当先施礼说："奉圣上之命，为令公接风洗尘！"杨业赶紧下马，拜见八王。八王连忙扶他起身，一同来到驿站内。八王早已安排好酒席，大家举酒欢庆，各位大臣殷勤劝酒，对杨家很是热情。第二天，八王陪同杨业到宋营见太宗。太宗非常高兴，对杨家将大加慰劳，授予杨业边镇团练使的职位，带领人马驻扎在城南。等得胜回京后，再考虑升职。

太宗命令急攻晋阳城。城内刘钧听说杨业投奔了宋军，惊惧不已。唯一可以抵挡宋军的将领归顺了大宋，河东难保啊！刘钧寝食难安。这天夜里，刘钧梦见一条金龙，从北门飞入，城墙随即塌陷。刘钧一下子就从梦中惊醒，看看窗外天色微明，想到河东形势危急，不禁长叹。此时有人来报："国舅赵遂已经打开北门,放宋军入城。"刘钧大惊。此时潘仁美已经进入城中,派人传太宗旨意:"宋主宽宏大量,不会加害汉主。"刘钧无奈派人给太宗送交投降书。

太宗进驻晋阳,授予刘钧检校大师、右卫上将军的职位,封他为彭城郡公,仍旧管辖河东之地。河东归附,战争平息,河东百姓安居乐业,其乐融融。

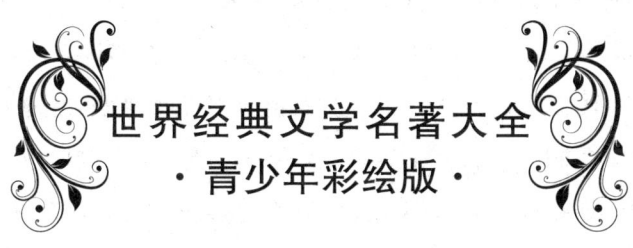

第七回

杨家将战辽兵一展雄风

　　河东已定,太宗打算班师回京城。潘仁美说:"河东与辽国交界,我们不妨乘着破竹之势,平定辽东。"杨光美说:"河东刚刚平定,将士们连日征战,不免疲乏劳顿。陛下还是应该先回京城,休整军队,再收取辽东。"大臣们意见不一,太宗也一时不能决断。

　　这一天,太宗召见八王、郭进、高怀德等战将,商议下一步行动。八王说:"河东已经平定,将士们征战劳苦,我们还没有慰劳赏赐他们。现在又要攻取大辽,恐怕军队士气不盛啊!不如我们先班师回京,休整一段时间再说。"原来围攻晋阳的时候，有的将领不知道太宗在哪里，就提出拥立八王，八王没有应允。太宗知道此事后，心中很是不快，对八王有所猜疑。攻占晋阳后，太宗一直没有论功行赏。现在听八王这样说，非常生气，说道："等你做皇帝的时候，你可以想怎么办就怎么办！"高怀德说道："潘大人的提议是为了边防大计考虑。这里距离幽州只有咫尺之遥，如果攻取了幽州，我们大宋就天下太平了！"于是太宗决定继续进军，攻打辽国。

第二天，太宗派兵向幽州进军。很快来到易州城下，潘仁美派人给城内守军下战书。镇守易州的是辽国刺史刘宇，接到宋军战书，便与部将郭兴商议。郭兴说："宋军已经平定河东，气势很盛，我们抵挡不住他们的进攻。如果献出易州城，投降大宋，可以保你我万全。"刘宇同意献城。第二天，就迎接太宗入府中驻扎。

太宗下令进军涿州，涿州守将刘厚德早已听说易州投降大宋，就派人到宋营递交投降书。第二天，献出涿州城。

消息传到幽州，萧太后大惊，赶紧召集文武百官商议退兵之策。左丞相萧天佑说道："陛下不必惊慌，只要派大将耶律奚底、耶律沙迎战，一定马到成功！"萧太后准奏，随即命令耶律休哥为监军，耶律奚底、耶律沙分别为正副先锋，统领精兵五万前去迎敌。耶律休哥等人领命出征，五万大军浩浩荡荡，气势强盛。

潘仁美得到报告，召集众将商议。呼延赞和高怀德请求打头阵，先试探一下辽军实力，杀一杀他们的威风。潘仁美准奏，派给他们八千人马。

两军对垒，辽将耶律奚底全身披挂整齐，一马当先；宋将呼延赞立马横枪，很是威风。耶律奚底手持板斧冲向呼延赞，呼延赞举枪迎击，交战几十回合不

分胜负。只见辽将耶律沙骑马飞奔而出,呼延赞力敌二将。高怀德一见,也飞马舞枪来参战。只见战场上四匹马交错回环,尘土四扬,刀枪舞动,两边士兵喊声震天,从早晨一直打到中午,不分胜败。呼延赞高声喊道:"马力疲乏,明日再战!"于是双方收兵回营。

呼延赞与高怀德回到营中,向潘仁美汇报辽将情况:"耶律沙确实是骁勇善战,很难对付。"太宗得知,说道:"明日朕要亲临战场,与辽将决一雌雄!"八王劝阻说:"陛下应当保重龙体,不要亲临战场。"太宗不听,第二天,亲自上战场督战。

耶律休哥听说宋军倾巢出动,心生一计,排兵布阵之后,带兵出战。战场上,呼延赞、高怀德与耶律奚底、耶律沙战在一处。双方金鼓齐鸣,一番恶战。正在此时,忽然宋军阵后几声炮响,辽将耶律学古率领军队从后面杀来,好比山崩海涌,势不可当。宋军不知从何处来的人马,一下子就乱了阵脚。耶律休哥看准形势,率领一支生力军,冲入宋军阵营。潘仁美拼死为太宗护驾,正好遇到耶律休哥冲过来,只一个回合,潘仁美就被打落马下。幸亏郭进赶到,把潘仁美从乱军阵中救出。

太宗骑马杀出重围,向汾坝方向落荒而逃。耶律休哥的部将兀环奴、兀里奚在后面紧追不舍。正是情势危机之时,杨延昭一马当先,前来救驾。延昭挺枪刺向兀环奴,不到两个回合,便把敌将刺死于马下。延昭杀散敌兵,见太宗站在坝上,原来太宗的马被乱箭射伤,已经不能再骑了。延昭让太宗骑自己的战马逃走,太宗担心延昭没有战马,不能战胜敌人,不肯骑马。延昭说道:"敌兵又追上来了,请陛下赶紧上马,不要拖延!"正在危机之时,杨七郎骑马杀了过来,延昭大喜,说道:"让圣上骑你的马快走,我留下来截住敌军!"七郎扶太宗上马。延昭大喝一声,就好像是霹雳一般,冲出重围,迎面兀里奚拦住去路。延昭

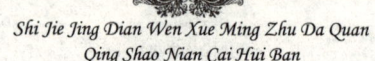

紧咬牙关，怒目圆睁，冲着兀里奚一枪刺去，正中咽喉，兀里奚死于马下。此时敌军又重重包围了过来，只见杨延昭挥动大枪，左冲右突，上下翻飞，大枪犹如银蛇一般舞动，敌军被杀得人仰马翻。乱军从中，可见延昭小将之勇猛无敌，正是：

斩坚入阵救君王，敌将争迎致灭亡；

未入中朝先建绩，将军名望至今香。

此时，杨业、高怀德、呼延赞三将也杀了过来，把太宗救出重围。

这一战，宋军损失惨重，真是尸横遍野，目不忍睹。辽军大获全胜，收复易州、涿州，耶律休哥带兵返回幽州。

宋朝大军回到汴京。文武群臣朝见太宗，太宗说："幽州之战，朕蒙受大辱。一定要雪耻！"赵普说道："大宋国富民强，以陛下的英明决断，又有如此之多的善战之将，灭掉蛮贼易如反掌！只是军士们征战河东，时日已久，不免疲乏懈怠。我们不妨先养精蓄锐，休整军队，等到秋高气爽的时候，再发兵辽东也不晚。"太宗说："爱卿说得有理。此次幽州之战，如果不是杨业父子舍命相救，朕恐怕难保性命。"于是下令封赏杨家父子：封杨业为代州刺史兼兵马元帅之职；他的几个儿子，全都封为代州团练使。让杨家居住在金水河边无佞宅，另外赏赐金银无数。

杨业觉得给自家赏赐太多，就上奏皇上，要求免去儿子们的职务。太宗见杨业言辞恳切，忠诚礼让，很是高兴，答应了他的请求。

耶律休哥自从幽州一战打败宋军，很是志得意满，萧太后也很器重他。这天，萧太后设宴招待各位大臣。耶律休哥说道："幽州之战，托陛下洪福，大败宋军。现在,宋军肯定是人心惶惶,意志衰退。我们不妨趁此机会,发兵汴京,以雪围困幽州之耻!"萧太后说:"你说得有一定道理。只是宋朝兵强马壮,国富力强,我们不一定能取胜啊!"燕王韩匡嗣说:"臣愿意和耶律将军共同出兵伐宋,准保马到成功!"太后准奏,任命韩匡嗣为元帅,耶律休哥为救应,耶律沙为先锋,率精兵十万伐宋。

当时正值九月天气,寒风落叶,鸿雁悲思。辽兵行进了几日,到了遂城,在城西北五十里处安营扎寨。遂城守将刘廷翰,听说辽兵突然而至,便与副将崔彦进、李汉琼等商议退敌之策。崔彦进说:"辽军来势凶猛,我们与之交战未必取胜,不如用计。我们假装投降,诱敌进城,再围而歼之。"刘廷翰说道:"此计很妙。只是他们不信怎么办?"李汉琼说:"我们送给他们粮饷,一定会取得他们的信任。"刘廷翰觉得此计可行,就派人到辽营进献粮饷,请求接纳遂城宋军投降。

耶律休哥说道:"宋军势力并不弱,可是还没交锋,就要投降,我看其中有诈。元帅还是应该谨慎从事。"韩匡嗣说:"宋军已经把粮饷给我们送来,可见他们的诚意。"于是不听耶律休哥劝阻,决定接受宋人投降。

第二天,辽国大军来到城下,韩匡嗣派人先去查看宋军动静。得到回报说:"宋人大开西门,没有闲来车辆来往。"韩匡嗣带领军队来到城门,首先进入壕堑,部将刘雄武说道:"元帅不要轻信他人,我刚刚看到城中,隐隐约约好像有士兵埋伏,我们不如及早退兵。"韩匡嗣也觉察出情况不妙,赶紧下令退兵。但是为时已晚,忽然几声炮响,李汉琼带领步兵杀了出来。韩匡嗣大惊,赶紧退走,刘雄武奋力保护韩匡嗣逃走,被李汉琼赶上,一刀劈死在马下。

辽兵大败,士兵自相践踏,死者不计其数。耶律沙飞马过来,保住韩匡嗣,杀出重围，回到军营。崔彦进带领人马杀来，迎面遇到耶律沙。耶律沙见宋兵来势凶猛，不敢恋战，带兵逃往易州。耶律休哥与宋军大战后退回易州，见到韩匡嗣，说道："宋兵势力太盛，我们还是退回幽州再议吧！"韩匡嗣害怕自己兵败受到处罚，内心惴惴，但是眼下也没有其他办法，无奈只得回幽州见萧太后。

萧太后得知兵败详情，大怒，下旨斩杀韩匡嗣，以正国法。耶律沙等人赶紧求情说道："韩匡嗣轻信敌人导致兵败，本来罪责难逃，只是请陛下念及他是先帝的老臣，饶他不死。"太后怒气稍减，免去韩匡嗣的死罪，把他削职为民。下令耶律休哥为主帅，耶律斜轸为监军，再统领十万精兵，讨伐宋军，雪洗前耻。

遂城刘廷翰听到报告，与众将商议："辽兵上次惨败而归，现在卷土重来，一定是要与我们决一死战。我们不能出战，只能坚守。"众将遵命，各自分派士兵，严守城门。刘廷翰一面又派人速往朝廷寻求救援。

此时汴京已经得到捷报：遂城守军大胜辽军。君臣正在议论此事，忽然来人报告："辽兵又大举进犯遂城，守将刘廷翰请求发兵援救。"太宗对众位大臣说："遂城是通往辽国的咽喉要道，如果遂城失守，辽军便可长驱直入，那中原地区就危险了。哪位将军领兵前去援救？"杨光美说道："杨业父子一直感念陛下恩德，想要立功报答陛下。如果派杨家将前往，一定可以大破敌军！"太宗准奏，随即命杨业为幽州兵马使，带精兵五万，前往遂城。

杨业率延德、延昭带领五万大军离开汴京，向遂城进发。来到赤冈，已离遂城不远，于是安下营寨，命人前往遂城通报。刘廷翰得知杨业带兵前来，大喜，对众将说："杨业是员虎将，辽将绝对不是他的对手。"于是下令城内严阵以待，与城外救兵互相接应。

杨业父子带领士兵，在平旷原野之处，排开阵势。忽然不远处尘土飞扬，旌旗蔽日，来了一队人马，为首的一员大将，唇青面黑，耳大眼圆，正是辽将耶律沙。耶律沙横刀勒马，站在旗下。部将刘黑达首先出战，五郎延德上前迎战，二人交锋七个回合，延德抄起利斧，把刘黑达劈死在马下。

辽将耶律胜纵马提刀，要来报仇，杨延昭挺枪迎战。两人杀作一团，延昭持枪奋力一刺，耶律胜落马而死。这正是：

阵上番官拼性命，征场宋将显威风。

杨业见两个儿子取胜，趁势带领军队冲入敌阵。杨业骑马挥枪，左冲右突，如入无人之境。辽兵大乱，死伤无数。刘廷翰打开西门，带兵接应，与杨业合力冲击。耶律沙舞动钢刀奋力冲杀，还是不能抵挡住宋军的进攻，只得带人逃回营中。

杨业率兵乘着锐气，杀向瓦桥关。耶律休哥听说宋师长驱而来，对耶律斜轸说道："杨家父子是我们的劲敌，杀我辽将就如同斩瓜切菜一般，无人能抵挡。他们围攻瓦桥关，我们只能据守，不要与他们交战；等他们粮食耗尽，我们再和他们交战，一定能够一雪前耻。"

耶律斜轸遵从他的命令，下令各位将领严守关口，按兵不出。只要宋军攻击，关上就扔下木头石块，宋军士兵无法近前。宋军一连攻打了十几日，都没有什么进展。

这一天，杨业亲自带人出关察看地形。远处望去，左边一带的山冈上，是漫山的野草，已经枯黄。那里正是辽军屯粮的地方。右边直通黑水，辽兵的营寨就建在岸边。杨业看到这里，心中便有了破敌之策。回到军中，和刘廷翰商议道："辽兵坚守关口，不出来作战，是想等我们粮食耗尽，让我们不战自败。我看那关左草木干枯，现在正是寒冬天气，夜晚北风刮起的时候，我们可以用火攻之计。"廷翰说："我和将军想到一起了。只是怕被耶律休哥识破计策。"杨业说："我自有办法迷惑他。"

杨业召见延德，吩咐说："你带五千士兵，脱去军服，只穿老百姓的衣服，秘密地从小路潜入瓦桥关左侧，等到前方交战之时，就点燃枯草，燃起大火。"延德领命退下。杨业又吩咐延昭说道："你带领五千骑兵，乘黄昏之时横渡黑水。敌人一定会袭击你们，你们就返回岸上，自然有人接应你们。"延昭领命而去。杨业对廷翰说："将军您和崔彦进率领遂城的兵马埋伏在黑水岸边，等延昭后退之时，接应他们。"廷翰欣然领命。杨业分派已定，自己带人在高处瞭望。

耶律斜轸见宋军攻关不下，正在军中和众位将领饮酒谈论，忽然有人来报："宋军正要渡过黑水，偷袭燕城。"耶律斜轸笑道："人们都说杨业用兵如神，我看是徒有虚名啊！"于是派耶律高率精兵五千，在岸边严守，准备在宋军渡河过半时袭击他们；又派耶律沙、韩暹领兵一万，偷袭宋营；自己和耶律休哥带兵接应。

将近黄昏的时候，杨延昭带领士兵横渡黑水。还没渡过一半，耶律高就带人杀了过来。延昭兵马转而回渡。辽军已经渡过黑水，和延昭交锋。延昭边打边退，突然间，一声炮响，如山崩地裂一般，两边箭如雨点般密集射向辽军，刘廷翰带兵前来接应，与耶律高打在一处。耶律沙和韩暹带人冲进宋营，顿时喊杀声四起，双方战在一处。杨延德在后方听到鼓声震天，杀声四起，就令部下点燃枯草。当时夜风已起，火势即刻蔓延，一时间火光冲天，烧红了半边天空。看守粮草的辽兵，吓得四散奔逃。耶律高看见关后着火，急忙原路杀回，被刘廷翰赶上来，斩落在水中。此时，耶律沙已经知道中计，带兵来救援，杨延昭、刘廷翰合兵夹击，辽兵大败，丢盔弃甲逃命而去。耶律休哥保着耶律斜轸杀出重围，投向蓟州。

宋军乘势攻占了瓦桥关。杨业与众将军商议下一步行动方案。廷翰说:"现在将军威名远震,辽军闻风丧胆,我们不妨乘势进攻,一举攻占幽州!"杨业说道:"我先把战报上奏朝廷,等待粮饷供应充足,大军即刻挺进幽州!"

捷报传到汴京,太宗大喜,准备御驾亲征,夺取幽州。枢密使张齐贤上奏说:"陛下亲征,自然是百战百胜。只是多年战争,劳民伤财,河北百姓不堪战争之苦。自古圣人都主张先本后末,先安内再攘外。"太宗觉得有道理,随即传旨,召杨业率军回京。

杨业接到诏令,准备撤军回京。延德说道:"现在是攻取幽州的大好机会,现在撤兵不是功亏一篑吗!"杨业说道:"我也想乘胜进攻,只是君命难违!"杨业安排好边疆的防务,随即班师回京。后人感慨此事作诗道:

功在垂成诏即行,堪嗟机会竟难凭。

陈家谷口忠勤念,千古令人恨不平。

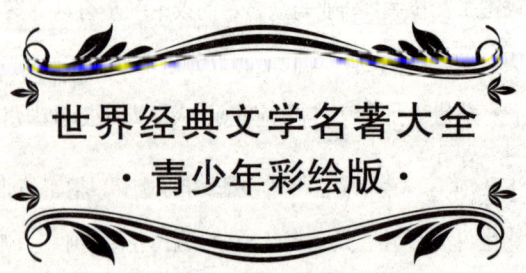

第八回

高怀德征辽国战死沙场

杨业一行人等回到汴京,朝见太宗。太宗对此次征辽大加赞赏,重重地赏赐了杨业,并设宴犒赏征伐辽军的各位将领。大家尽欢而散。

第二天,丞相赵普因年迈辞官,太宗见他言辞恳切,准他辞去丞相之职。任命宋琪、李昉知平章事;李穆、吕蒙正、李至参知政事;张齐贤、王沔同金署枢密院事;寇准为枢密直学士。

太宗认为边境宁静,于是与臣民同享太平盛世,下诏赐京城百姓饮酒三日。京城百姓,无不欢呼雀跃。太宗亲自带领群臣登上丹凤楼,看京城百姓欢乐畅

饮。此时音乐齐奏，观者满城，一片歌舞升平的景象，而忘却了北方还有大辽国，正虎视眈眈地盯着中原国土，垂涎三尺。后人有诗写道：

烽火烟消镇节安，君臣作乐夜深阑。

幽辽未下中原患，忘却当年保治难。

一边是汴京欢歌热舞，一边是辽国整装待发。耶律休哥因为遂城战败一直耿耿于怀，一心只想与宋军较量，报仇雪恨。近日得到报告，宋朝君臣只知享乐，不思征战。于是进见萧太后，要求趁宋朝疏于防范之时，带兵伐宋。耶律沙也上奏说："现在是难得的大好时机，我们乘其不备攻打宋朝，一定可以一举成功。"萧太后见众将士气高涨，就同意出兵伐宋。于是下令：耶律休哥为监军，耶律沙为先锋，率领精兵十万征伐宋朝。

消息传到汴京，太宗令曹彬为统帅，招讨使潘仁美、将领呼延赞、高怀德为辅助，率领十五万大军，征讨大辽。大军离开汴京，潘仁美、杨业、高怀德率兵三万，由寰州进军。曹彬、呼延赞由新城进发。

曹彬部队来到距离新城五十里处安营扎寨。守卫新城的是辽将贺斯，听到报告说宋军来到，马上带兵迎敌。双方列队出战，呼延赞与贺斯打在一处。两人打了三十多个回合，贺斯力量不支，拨马便往回跑。呼延赞纵马追上前去，一枪刺去，贺斯死于马下。辽兵溃败，曹彬带人乘胜追击，占领了新城。

第二天，曹彬大军进攻飞狐岭。守将昌行德听说宋朝大军来到，急忙召集招安使大鹏翼等人商议。昌行德说："宋军势力强大，我们恐怕难以对付。不如解甲投降，也可以免去士兵征战之苦。"大鹏翼不同意投降，他说："宋军远路而来，多日行军，必定疲乏，我们可以乘他们立足未稳的时候，攻打他们，一定可以取胜。"于是，大鹏翼亲自率领军队迎敌。远远的就看见宋兵漫山遍野而来，辽

兵不禁内心胆怯。大鹏翼当先出战，宋将呼延赞迎敌。两人打了五十多个回合，呼延赞假装败走，大鹏翼驱马追来。呼延赞冷眼偷看，大鹏翼已经追近，呼延赞突然大喝一声，回手一枪，把大鹏翼挑于马下。

辽军本来就已胆怯，看见主将被杀，纷纷溃逃，宋军攻占飞狐岭，进而进军灵邱。灵邱守军辽将胡达与呼延赞交锋，被呼延赞打死，宋军占领灵邱。

宋军连连取胜，呼延赞勇猛善战，曹彬大加赞赏："早就听说将军是员虎将，近日作战我军连连取胜，都是将军的功劳啊！将军真是名不虚传！"呼延赞说道："小将只是出了犬马之力，还是元帅您用兵得法，神机妙算啊！"曹彬见呼延赞如此英勇，却谦虚慎行，不居功自傲，心中更加佩服他。

潘仁美率领的部队攻克寰州、朔州等地，来到灵邱，与曹彬部队会合，大军向涿州进发。

辽将耶律休哥此时屯兵云州，听说宋军进军涿州，便下令部队前往涿州。大军行进到涿州城南，安下营寨。耶律休哥布兵遣将，派耶律沙带领二万骑兵，驻扎在城南，只需严防把手，不可出战，等宋军力量耗尽，再出兵袭击。又派华胜带领一万步兵，驻扎在灵邱一带的险要之处，在密林中设下埋伏，专门截击宋军的运粮队伍。耶律休哥又命令轻骑部队在夜间不断地袭击宋军的薄弱部队，白天则以精锐部队与宋军对阵。

此时，曹彬命令手下将领每日在城下讨战，辽兵只是严防坚守，并不出战。宋军见辽军部队都是精锐之师，不敢轻举冒进；夜间又不断地被小股部队袭击骚扰，曹彬为此很是恼火。一连十几天，军中的粮饷竟然不能按时供应。派人前去打探，才知道粮草屡次被辽军劫走。曹彬大惊：宋军深入敌境，粮饷却不能供应，如果辽军出兵，那不是必败无疑？于是与众将领商议，先退兵雄州，等粮

饷充足了再进兵。大家同意,于是把情况汇报给太宗,撤军雄州。

太宗听到报告,大惊,说道:"哪里有大敌在前,军队却要后退等待粮草的道理!"于是下令曹彬等人,率领军队沿着白沟河前进。曹彬得到命令,只得下令军士们各自带好一定量的粮食前进。

宋军行进到涿州附近时,耶律休哥得到战报,随即下令耶律沙等将领,乘宋军行军疲惫,虚弱不防时出兵。又派耶律呐带兵一万,埋伏在巢林等候敌军。耶律休哥与耶律奚底亲自率领强兵劲卒,出岐沟关迎敌。

此时正是夏日酷暑之时,天气酷热难当。宋军连续行军一天一夜,人困马乏,此时已将近中午,部队士兵疲惫不堪,急需休整。忽然一声炮响,耶律休哥带领人马拦住去路。辽兵摆开阵势,气势很是威武,宋朝士兵不免怯阵。高怀德一马当先冲出阵营,与敌将耶律奚底战在一起。打了不到五个回合,耶律奚底拨马便走,怀德骑马就追。此时曹彬命令中军杀向敌阵。耶律休哥带兵边打边退。宋军追击进了前方关口,忽然一声炮响,早已埋伏在巢林的耶律呐带兵杀出,把宋军冲击成了两段,前后失去了呼应。曹彬发现中计,大惊,赶紧后退。辽兵万箭齐发,曹彬所骑战马中箭倒在地上。正在危急之时,一骑战马飞奔而至,只见呼延赞冲到曹彬跟前,曹彬坐在呼延赞马后,随呼延赞拼死杀出重围。呼延赞保护曹彬回到宋军阵营,看到南面杀气连天,说道:"一定是我军被围,我去救他们。"说着纵马而去。

耶律沙带领人马抄到潘仁美的军阵后面,把潘仁美围在战场中心。呼延赞杀进重围,正好遇到潘仁美被杀得丢盔卸甲,徒步而走。呼延赞救出潘仁美,回到阵营。高怀亮奋力拼杀,敌兵愈战愈勇,怀亮后面没有接应的人马,被耶律沙赶到关口,一刀杀死。高怀德冲杀过来救援,耶律休哥紧追不舍,辽兵一重一包围过来。怀德直杀得血染战袍，身边跟从的战将死伤殆尽。此时耶律呐又带兵赶到，一时间箭如飞蝗般射来。怀德的胳膊被箭射中，只见他一把就把箭拔出来，鲜血顿时喷涌而出。怀德扔掉箭，继续厮杀，又杀死辽兵几十人。此时辽兵越聚越多，怀德身负重伤，孤身作战，情势危急。怀德料想自己不能杀出重围，想到自己身为宋朝大将，绝不能被俘受辱，于是在马上自刎而亡。可怜高怀德兄弟二人，血洒疆场。后人作诗咏叹二人道：

血战当年报主志，斩坚入阵几千重。

英雄功绩今何在？回首沉吟夕照中。

高怀德兄弟阵亡之后，耶律休哥等人合兵一处乘势追击。呼延赞保护着曹彬、潘仁美等人，走到马河。一场暴雨突然降下，曹彬不敢停留，连夜渡河而走。正在此时，忽听得战炮连天，耶律休哥带兵杀来。宋军人多拥挤，被杀死的、溺水而死的不计其数。这一战，宋军损失六万多人。曹彬退守新城，派人到汴京上表向皇帝请罪。

太宗得到报告，大惊，说道："这都是寡人考虑不周全而造成的，是朕的过错啊！朕损失大将，真是痛心呀！"随即下令，召曹彬班师回京。曹彬等带人马回汴京朝见太宗。太宗宽慰曹彬等人说道："你们不了解地势敌情，遭到敌军暗算，以后要引以为戒呀！"曹彬谢恩退下。太宗随后下诏：令呼延赞镇守定州，田重进镇守灵邱，以防辽兵再次攻打。呼延赞等人领命而去。

曹彬因为自己出师无功，心中闷闷不乐，于是上表请求辞去兵权。太宗准许他交出兵权，降低官职，任命为房州刺史。曹彬接受命令，到房州赴任，从此闭门读书，不问世事。太宗感念怀德为国家立下汗马功劳，封他的两个儿子高磷、高凤为代州团练使。

第九回

杨家将保太宗血洒幽州

耶律休哥大败宋军,派人传捷报给萧太后。萧太后得知大喜,考虑到宋朝拥有中原肥美之地,毕竟势力强大,于是传令休哥不向南方继续用兵,暂时休整部队,等到秋高马肥之时,再进军大宋。于是辽宋双方各自严守边境,暂时没有战事。

这一天,太宗在朝中议事。太宗说:"先帝在位时,曾经在五台山许过愿,却没有来得及还愿。先帝临崩之际,嘱咐朕要亲自去替他还愿。现在国家已经初步安定,朕要到五台山替先帝还愿。"寇准说道:"先帝有令,确实应该照办。只

世界经典文学名著大全
·青少年彩绘版·

是近年来,我大宋与辽国征战不断,兵马不宁。而且五台山正是我朝与辽国交界之处,耶律休哥拥重兵镇守云川、朔川一带,如果敌人知道陛下驾临,带兵袭击,那岂不是很危险。为了陛下的安危,还是等到边境安定之时再去还愿吧!"太宗听了,犹疑不决。潘仁美说道:"臣推举一人,如果他保护陛下前往五台山,一定万无一失。"太宗忙问是谁,潘仁美说:"代州刺史杨业的长子杨渊平,此人文武双全,如果有他来为陛下保驾护航,一定安如泰山。"太宗一听很高兴,马上命令杨渊平为护驾大将军,带领禁军二万,随同太宗前往五台山。

渊平护送太宗车驾离开汴京,军马一路向太原进发。此时正值初秋天气,只见落叶飘飘,雁声悲切,不免让人生出悲秋思乡之情,正是:

落叶萧萧风乍冷,雁声悲切客情孤。

大军一路行来,远远看见云雾缭绕之中,五台山已经隐隐可见。五台山的智聪长老,率领僧众在龙津驿站迎接圣驾。太宗车驾来到寺门之外,有官员把太宗迎进寺中。太宗在龙椅中坐定,文武大臣分列两边。太宗下令,掌管礼仪的仪司官赏给寺僧香礼,在佛前的供桌上摆放齐备。大臣们随同太宗皇帝来到大殿之中。此时寺僧敲动钟鼓,太宗下拜祈祷:"朕今日前来,一是为先帝还愿;二是为天下百姓祈福,愿百姓永享太平之福;三是为国家祈福,愿大宋国土巩固,四海清宁。"太宗祷告完毕,主典僧宣读诰文。这天晚上,太宗就住在元和宫。

第二天,大臣为了太宗的安全,请求即刻回京,太宗说道:"朕身居九重深宫,难得来到这风景形胜之地,我们在此停留一日再走。"于是太宗命寺僧引路,来到寺外,欣赏风景。五台山真是一座好山:前方连接幽州,后面通向太原,是一道自然的界限;中央高耸着一座奇峰,层峦叠翠,万峰争耸,真是:

拥翠拖蓝叠秀奇,巍然势下别华夷。

分明指处尖峰顶,缥缈云霞接汉齐。

面对眼前美景,太宗流连忘返。只见前方一片土地,碧草连天,很是引人,便问是何处。潘仁美说道:"那就是幽州,自古以来的建都之地,都是好风景啊!"太宗说:"如此胜景,朕就和各位大臣前去玩赏一番。"八王赶紧劝阻:"陛下且慢。幽州是辽主萧太后居住的地方,陛下去那里,岂不是自投罗网?我们还是速速回京吧!"太宗说:"当年唐太宗平定辽东,何尝不是亲临战场!现在朕有千军万马在此,还怕她什么萧太后吗?"八王不敢再说什么,只得随同前往。

当天,太宗车驾离开五台山,前行到了邠阳城地面。忽然见前方尘雾漫天,想必一定有军马到来。护驾大将军杨渊平一马当先冲到阵前,只见前方一员辽将,长得面如黑铁,眼若流星,手中一把大杆刀,胯下骑一匹赤鬃马,正是辽将耶律奇。二人战在一处,打了几个回合,耶律奇力量不敌,拨马便走。宋军乘势追击,辽兵大乱,自相践踏,死者无数。辽兵败退,渊平回报太宗,太宗大喜,车驾进驻邠阳。

耶律奇回到幽州,向萧太后报告说:"宋朝皇帝车驾驻扎在邠阳。"萧太后一听,大惊,说道:"以往众位将军总是想兴师伐宋,现在有这样的好机会,为何不去生擒宋主?"天庆王耶律尚上前奏道:"臣愿带兵前往。"马鞑令公韩延寿上前说道:"臣愿一同前往,助天庆王一臂之力!"太后非常高兴,随即命令他们率领一万骑兵前往邠阳。

耶律尚带兵来到邠阳城下,把整个邠阳城包围得水泄不通。太宗车驾被困在城中,不得脱身。城外耶律尚亲自督战,辽兵加紧攻势,喊杀声震天。太宗登上城楼观看,只见四下里都是辽兵,乌云一般黑压压一片,辽军营寨绵延数里。

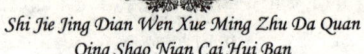

太宗很是后悔自己没有听大臣劝阻,及时回京。如今深陷辽兵包围之中,要想全然而退,实在是比登天还难啊!

太宗忧心忡忡,潘仁美说道:"陛下不要忧虑,杨业驻扎在代州,刚好与幽州交界。陛下只需派一人前往代州,命杨业带兵救驾,辽兵必退。"太宗摇摇头,说道:"到代州给杨业送信,要单人匹马闯出敌人的重重包围,这可是要有万夫不当之勇啊!谁能担当这个重任?"潘仁美说道:"陛下不要着急,杨渊平就可以当此重任。"太宗非常高兴,马上写信给代州的杨业,命他速速带兵前来救援。太宗命杨渊平带上书信,即刻出发。

杨渊平把太宗的书信藏在身上,披挂整齐,单人匹马从城东门杀出。城外辽军见有人杀出,纷纷冲上前来,把杨渊平围了个里三层,外三层。辽将刘弼迎上前来,杨渊平挺枪刺去,一枪就把刘弼刺落马下。渊平奋力舞动银枪在敌阵中冲杀,英勇异常,辽军士兵无人能够抵挡。渊平杀出重围,直奔代州而去。

杨渊平来到代州,见过父亲杨业,把太宗被困邠阳的情况如实说来,并取出太宗书信交给杨业。杨业看过书信,立即点兵出发。父子八人带领人马,离开代州,火速赶往邠阳救驾。

邠阳城外,天庆王耶律尚得到报告,知道杨业父子领兵而来,就召集众将商议。耶律尚说:"杨业是我们的劲敌,现在他带兵救驾,一定会和我们殊死决战。我军中谁能抵挡得了他!不如先撤退人马,放他进邠阳城。我们再包围他们,不出一个月,就能把宋朝君臣困死在城中。"众将觉得有道理,于是下令辽军撤围,后退五里。

杨业得知辽军撤围,说道:"辽军不战而退,肯定是另有阴谋。我们还是先进城见皇上,再商议脱身之计。"渊平说道:"父亲说得有理。"于是带兵进入邠

阳城,拜见太宗。太宗大喜,说道:"朕早就听说将军威名远震,辽人很是惧怕将军。现在看来,果真如此啊!将军大军一到,辽军就撤兵了。"杨业说道:"救圣上于危难之中,是臣的职责所在。辽人诡计多端,深不可测。他们一定还会来包围邠阳,陛下还是尽快起驾回京,我们父子一定拼死杀出,保护陛下安全回京!"话音刚落,就有人来报:"辽国大队人马又包围了邠阳城。"太宗大惊,说道:"真是不出将军所料啊!我们现在该怎么办呢?"杨业说道:"辽军人多势众,车驾很难安然冲出敌人的包围。还是观察一下敌人的情况,再定破敌之计。"太宗应允。

杨业带着几个儿子登上城头观看,只见四周都是辽军,密密层层。辽军营寨绵延到几里之外,兵强马壮,士气很盛。杨令公不禁叹息,如此之多的精锐之兵重重包围,杨氏父子杀出去没有问题,可是要保护着太宗车驾的安全,确保文臣安然冲出,可就难上加难了。就算是诸葛孔明在世,也无计可施啊!渊平听到父亲叹息,知道父亲的忧虑是什么,便说道:"就算敌军强大,我们也不能坐以待毙吧!"令公说道:"破敌的计策倒是有一个,只是需要有人为皇帝尽忠啊!"渊平一听,说道:"父亲大人平日里经常对我们说:我们归附大宋,宋朝君主对我们恩宠有加,赐给豪宅居住,赏给丰厚的俸禄,我们要以死相报。现在宋君有难,我们理当拼死相救。如果父亲有保全之计,儿子不肖,愿意舍命前往!"令公见渊平威风凛然,毫无惧色,心中稍有宽慰。

第二天,令公朝见太宗,说道:"臣昨日察看敌情,形势对我们很不利。要想安然脱身,只能是效仿汉朝纪信救高祖的计策:我们假装投降,让人假扮陛下在西门给辽军进献投降书;臣保护陛下车驾和文臣们从东门杀出。"太宗说:"这个计策很妙,只是谁能效仿当年纪信,假扮朕呢?"杨令公说道:"臣的长子杨渊平愿意效仿纪信。"太宗深知此番行动,凶多吉少,生命有忧,不禁怆然:"朕召

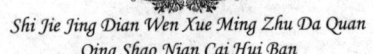

你们父子侍奉大宋,不曾给你们什么恩惠,哪里忍心要你用儿子的命来救朕,这也不是仁义之君所为啊!"杨业说道,"军情紧急,不宜施延!还请陛下赶紧起草投降书,派人通知辽军。如果事情败露,敌军攻进城内,那时候玉石俱焚,我们父子就算保全了性命,也无济于事啊!救出陛下,是我父子做臣子的职责所在;我父子为陛下尽忠,也可以流芳千古,怎么能顾惜自己的生命呢!"

话音未落,就有守城士兵前来报告:"南门就要被攻破,辽军已经攀墙而上。"渊平说道:"形势危急,陛下不要再犹豫,请陛下脱下御袍。"太宗无奈,只得脱下御袍,连同一些皇上御用的用具,全部交给渊平。

渊平派人把投降书送到辽营。天庆王耶律尚接到投降书,和众人商议。韩延寿说:"宋朝皇帝被我们重重包围,自知不能逃脱,向我们投降是情理之中,不应该有诈。我们和他们讲和就可以了,不要加害宋主。"

第二天,宋军在邠阳城西插上降旗。辽军后退一里地等候宋帝出城。太宗趁此机会带领文臣从东门而出,在杨业的保护下,骑快马朝汴京方向而去。渊平假扮太宗端坐在车上,车前车后有黄旗飘飘,前遮后拥,从西门出城。渊平坐在车上,揭起车边罗幔,看见天庆王骑在马上,态度很是傲慢。渊平心中大怒:"见我大宋天子,却如此傲慢!不杀此贼,是我们大宋的耻辱!"随即搭弓在手,朝天庆王脖子上射出一箭。只听一声大叫,天庆王应声倒地。渊平射死耶律尚,腾身闪出车外,厉声喝道:"我本是杨令公之子杨渊平!有胆量的就过来!"辽兵大惊。这一下就激怒了韩延寿,只见他挺枪跃马直冲过来,一枪刺向渊平。渊平没有骑马,躲闪不及,被韩延寿一枪刺落车下。二郎延定一见急忙来救,耶律奇骑马冲过来,拦住延定。杨延定英勇迎敌,杀死辽兵无数,无奈手下士兵已经溃退,辽兵冲上来,蜂拥围住。辽兵斩断延定马足,可怜延定跌落马下,被万马践踏而死。

三郎杨延辉见势不妙,冲出重围,跑了不到一里,就被绊马索绊倒,延辉摔落马下,被辽兵杀死。四郎杨延朗杀出重围,韩延寿、耶律奇带领精兵紧追不舍,四郎部下骑兵全部战死,辽兵冲上来,,把四郎团团围住。四郎冲杀力尽,被辽军俘获。

　　五郎杨延德冲出重围,后面喊声依然不绝。延德转过一片小树林,回头一望,辽兵漫山遍野,还在厮杀。延德抬头望了望前方,便向五台山走去,从此皈依佛门。

　　辽军厮杀到黄昏,才知道宋君早已从东门而去,已经走出二百里了。韩延寿懊悔不已,只好收兵回到幽州。萧后得知详情,大喜,说道:"战胜了杨家将,就是最大的胜利!这一战一定让宋朝闻风丧胆!"随即命令把生擒的宋将押上来。杨延朗挺身而立,威武不屈。萧太后问道:"你是宋朝大将,现在是什么职务?"延朗厉声说道:"我已经被你们抓住,要杀要剐悉听尊便。何必多问!"太后大怒说道:"你以为我不敢杀你?"随即命令军士把延朗押出去斩首。延朗毫无惧色,凛然赴死。

　　萧太后见这员宋将凛然威风,又不失风雅,心中很是喜爱,有意招降他,让他为大辽效劳。随即传下旨意,免去延朗死罪,带他回到朝堂之上。萧后命人为延朗松绑,问道:"看将军有英雄之气,我饶你不死,你可愿意为我大辽效力?"延朗心中暗想:"我已经被俘,就算是死了,也没有什么价值。辽人不杀我,我不如假意归附他们,日后再慢慢寻找机会报仇。"延朗于是同意归附辽国。萧太后大喜,便问延朗姓名,延朗深知辽人忌讳杨家,于是便隐去真名,说道:"臣姓木名易,为宋朝的代州教练使。"萧太后很是高兴,决定把琼娥公主许配给木易,木易推辞不得,就在辽国做了驸马。

杨业与六郎延昭、七郎延嗣带兵保护太宗回到汴京,很快得知了渊平全军覆没、渊平和几个兄弟战死的消息,太宗不免叹息,为了救自己,杨家几个兄弟战死,竟然伤心落下泪来。杨业说道:"臣曾经发过誓,要以死来报答陛下大恩。现在我的几个儿子为陛下而死,为国家而死,也算是死得其所吧!陛下不必为此过于伤心。"

第二天上朝,太宗表彰了杨业父子的功劳。因为杨业父子是栋梁之才,封杨业为雄州防御使。太宗嘱咐杨业说道:"将军这次前往雄州,就是要为朕守好边疆。只有朕召你才能回来,没有朕的旨意不要轻易离开雄州。"杨业领命退下。令公回到无佞府,吩咐两个女儿八娘、九妹,在家中好好照顾母亲,自己和六郎、七郎前往雄州。

世界经典文学名著大全
·青少年彩绘版·

第十回

杨令公遭陷害战死沙场

　　辽国大将耶律休哥,听说邠阳一战宋兵大败,多次上奏萧太后,建议乘胜攻打宋朝,进一步占领中原。萧太后正有此意,于是召集群臣商议。右丞相萧挞懒奋勇当先,愿意领兵攻打大宋。萧太后说道:"你出征伐宋,要师出有名。可以先向宋朝提出要求,让他们把金明池、饮马井、中原旬三处地方让出来,让我们驻扎军队。宋人如果同意,你们就暂且退兵;如果不同意,你们就以此为借口攻打他们。"萧挞懒领旨,当日就和大将韩延寿、耶律斜轸率领精兵二万,从瓜州向南进发。大军一路行来,在胡燕原扎下营寨。

世界经典文学名著大全
·青少年彩绘版·

消息传到汴京,太宗大怒:"辽兵屡次犯我边疆,朕要御驾亲征,以雪邠阳之耻!"寇准说道:"陛下不必动怒,只要派遣大将就可以打退辽军的进攻,哪里用得着劳您大驾?潘仁美了解边境情况,陛下只要派他领兵,就可退兵。"太宗准奏,任命潘仁美为招讨使,率领部队前去抵御辽军。

潘仁美领旨回到府中,闷闷不乐。他的儿子潘章问道:"父亲为何事闷闷不乐?"潘仁美说道:"皇上命我带兵抵御辽军,我不敢推辞,只是没有先锋,所以很烦闷。"潘章说道:"父亲大人为什么不推举杨业父子做先锋呢?"潘仁美一听大喜,第二天就到朝廷上举荐杨业。太宗应允,随即派人到雄州传旨,命杨业回京复命。

杨业接旨,即日启程回京朝见太宗。太宗封杨业为行营都统先锋。杨业领命退下,回府中见夫人。夫人听说皇上命潘仁美为主帅,令公为先锋,前去征伐辽军,心中很是忧虑。夫人对令公说:"当年潘仁美在河东曾被将军羞辱,此后总是想加害将军父子。幸亏皇上圣明,他一直没有机会下手。如今我们已经失去五个儿子,只剩下你们父子三人,人少势薄。你们带兵出征,号令掌握在潘仁美手中,很难保证他不会害你们啊!"杨业说道:"这一点我很清楚。但是皇上有令,我哪里敢违抗呢?"夫人说道:"明日我上朝见皇上,请求派一名正直大臣保护令公出征。"令公应允。

第二天,杨夫人拜见太宗,太宗亲自迎出门外。杨夫人手上拿着一把龙头拐杖,上面挂着一个小牌子,写有皇帝的亲笔赠言:"虽无銮驾,如朕亲行。"意思是说,见到杨夫人手持的龙头拐杖,就如同见到皇帝本人一样。这是奉太祖皇帝的遗诏所赐,以此表示对杨夫人的尊敬。太宗自然不敢有所怠慢,命人赐给夫人绣椅。夫人坐在绣椅上,说道:"听说陛下命杨令公为先锋出征大辽,命潘仁美为主帅,这恐怕对杨令公有所不利。潘仁美素来与杨令公不合,还请陛

下念及杨家对国家忠诚不二,善待令公。"太宗沉吟片刻说道:"夫人所说确实是实情。可是国家危难之时,需要良将为国出征,潘仁美了解边境军事情况,派他为主帅也是为国家考虑。夫人有什么更好的办法,可以既保证战事顺利,又保证令公安全?"杨夫人说道:"陛下可以在当朝的大臣中,选一位德高望重的名将,保护杨令公一同前往。"太宗一听,非常赞同,随即下令在大臣中推举可以保护杨业出征的人。八王进见太宗,说道:"臣推举行营都总管呼延赞,此人忠义为国,可以作保官。"太宗非常赞同:"呼延赞是当朝老臣,德高望重,正直为国,让他作保官再合适不过。"于是下令,呼延赞保杨业一同出师北伐。杨业听说呼延赞作保官,非常欣喜,于是回到雄州,征调自己的部队前往征辽。

潘仁美率领大军即刻离开汴京,向瓜州方向进发。大军来到黄龙隘,安下营寨,分立两个大营:呼延赞驻扎东营,潘仁美驻扎西营。这一日,潘仁美和手下部将刘君其、贺国舅、秦昭庆、米教练四人商议。潘仁美说:"我早就想除掉杨业父子,只是苦于没有机会。现在本是天赐良机,谁想又出来一个什么保官!呼延赞在此,恐怕我很难对杨家父子下手了。"米教练说道:"太师大人不要烦恼,小将有一个计策。如果先除掉呼延赞,那么除掉杨家父子不就容易了么?"潘仁美说:"有什么办法除掉呼延赞呢?"米教练说:"对面就是辽军营垒,辽军知道我军来到,一定会来攻打。太师您就可以下令:先锋未到,应该保官出战。呼延赞虽然勇猛,可是如今已经年迈,不能抵挡多长时间了。我们在他与敌将交战困乏之时,按兵不救,他一定被辽军生擒。"潘仁美笑道:"此计太妙了!"

第二天,辽兵果然来攻打宋军,人喧马跃,声势浩大。潘仁美派人请呼延赞来军中商议,潘仁美说道:"大敌当前,先锋军马未到,将军有什么办法退敌?"呼延赞说道:"常言说得好:'兵来将挡,水来土掩。'既然我们奉圣上之命前来御敌,那就要尽职尽责。和辽兵决一死战,还有什么可犹豫的吗?"潘仁美说道:

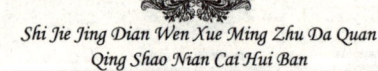

"那就请将军先上阵,我率领部队在后方接应。"呼延赞慷慨答应,随即披挂整齐,率领自己的部下出塞迎战。

对面辽军正是萧挞懒,两人打在一处。呼延赞虽然已经年迈,但是威力仍旧不减当年,二人一直打了八十多个回合,萧挞懒自觉力量不支,拨马便跑。呼延赞带领部下追击,但是后方宋兵并没有一起追击。辽兵见呼延赞孤军闯进阵来,就停止后退,又杀了上来。呼延赞此时方知没有后队接应,害怕自己孤军深入,会有危险,于是赶紧勒住马缰,转入树林中。突然一队人马冲出,正是辽将耶律斜轸率军杀出。呼延赞带领部下左冲右突,无奈辽军人多势众,萧挞懒又带兵杀了过来,呼延赞腹背受敌,眼看部下损失大半,却不能杀出重围。情势万分危急,呼延赞心里知道是奸贼潘仁美有意陷害,此时却无力脱身。忽然正东方向旌旗漫天,鼓声雷动,一队人马杀了过来,为首将领正是杨令公。杨业提刀杀来,辽将贺云龙上前迎战,被杨业一刀劈于马下。杨家父子带人杀入辽军阵中,救出呼延赞。杨延昭挺身力战,断后掩护杀出重围,保护呼延赞回到营中。杨业说道:"小将救助来迟,还请总管大人恕罪!"

呼延赞说道:"今天如果不是将军来救,我就要命丧黄泉了!"随即让杨业驻扎在自己营中。

第二天,有人报告太师潘仁美:"杨先锋带领军马从正东杀过来,正好救了总管呼延赞。"潘仁美一听,愤愤不已。手下刘君其说道:"太师不要着急。杨业现在才来到前线,您可以借口他违令来迟,按军法处置,趁机杀掉他!"正在这时,杨业来军中参见潘仁美。潘仁美脸色阴沉,说道:"前方军情紧急,你怎么现在才到!"杨业说道:"圣上令我回雄州调集军马,于十三日起程,我只是奉命行事。"潘仁美大怒,说道:"辽军攻打我方边境,军情紧急,你作为先锋却拖延时间,贻误战机,还用圣上的名义找托词,不用军法处置不足以正军法!"随即

命令手下把杨业绑了,推出去斩首。

潘仁美手下把杨业押到辕门处。杨业知道潘仁美是寻机报复,便高声喊道:"我死并不足惜,只是敌人大兵压境,我方却要杀戮良将,这不是为国家大局着想啊!"早已有人报到呼延赞军中,呼延赞骑马飞奔而来,大喝一声,令人为杨业松绑。呼延赞与杨业一同来到军帐之中见潘仁美,呼延赞怒声说道:"你身为招讨使,担负着防御边境、平定辽患的重要任务,却在昨天与敌军的交战中坐观成败,如果不是杨将军奋勇作战,我军早已被敌军杀败。现在又要擅自诛杀功臣,你到底居心何在?我此次出发之前,圣上赐予我一把金简,专为保护杨家父子安然回京。你如果再敢加害杨家父子,我就要用这圣上赐的金简打你!"潘仁美被骂得满脸通红,不敢应答。呼延赞偕同杨业,愤然离去。

潘仁美自知理亏,不免羞惭,半晌没有说话。米教练说道:"太师不用担忧,小将再施一计,保管叫杨业死无葬身之地。"潘仁美问道:"你还有什么计策?"米教练说道:"现在军中缺少粮草,太师可以让呼延赞前去催运。等他离开了,您就有机会对付杨业了。"潘仁美觉得这个计策可行,随即命令呼延赞前往运粮。

呼延赞接到命令,心中怅然不悦。杨业得知,说道:"运送军粮实在是军中大事,只有总管您才能担此重任!"呼延赞说:"不是我不肯去,我只是担心我走之后,潘仁美加害将军,那时谁又能保护将军呢!"杨业说道:"辽兵此次兵势强盛,我们只需固守,等总管运粮回来,然后出战。招讨使就算是要刁难我,也没有机会。"呼延赞说:"那好吧。只是我这次前去运粮,不知什么时候才能回来。将军父子只可坚守我方东营,等我回来,再出兵迎战。"呼延赞当日就带领五千骑兵,回汴京催粮去了。后人有《咏史诗》说得好:

忠勤立夺领征师,何事英雄不遇时?

边境未宁良将亡,个人览此重伤悲。

西营的潘仁美得知呼延赞已回汴京,心中不禁大喜,于是召集众将商议出战。米教练说:"大人可以向辽军发出战书,约定好日期交战。"潘仁美随即派人到辽营递交战书。萧挞懒接到战书,大怒,说道:"明日交锋!"随即与众将商议。大家说道:"潘仁美并不可怕。只是那杨家父子,骁勇善战,恐怕我们很难对付。"萧挞懒说:"我听说杨业与主将潘仁美不和,我们可以利用他们的矛盾来打败宋军。离这里不远,有个陈家谷,那里山高势险。我们派人埋伏在山谷两旁,引诱敌人进入山谷之中,再包围他们,一定能战胜宋军!"耶律斜轸说道:"小将愿意前往陈家谷。"萧挞懒很高兴,说道:"将军带兵前往,一定能马到成功!"耶律斜轸随即带领六千骑兵前往陈家谷布下埋伏。萧挞懒又对耶律奚底说:"明日,将军带领一万人马迎战宋军,那杨家父子深知兵法,你需要战败引他们进入我们的埋伏圈,千万不要让他们看出破绽。"耶律奚底领命而去。萧挞懒分派完毕,就派人到打探宋营的动静。

潘仁美得知辽将约定明日交战,就问刘君其道:"明日作战谁打头阵?"刘君其说:"当然是杨先锋打头阵,大人您带兵接应。"潘仁美随即召见杨业,潘仁美说:"辽将约定明日要与我交战,杨先锋打头阵,要奋力作战,千万不要退缩,不然会使我军丧失锐气。"杨业禀告说:"招讨使大人有所不知,明日是十恶之日,不宜交战,出师必不利啊!况且呼延赞总管前去催粮,还没有回来,我方粮食不足,而辽方士气正盛,这种情况下与辽军交战确实对我方不利啊!我们还需要等待时机。"潘仁美大怒,说道:"敌人大兵攻到寨前了,你身为先锋竟然不去迎敌!如果总管一个月回不来,你也要等一个月吗?如果你拖延不出兵,我就上报朝廷,看你能不能逃脱罪责!"杨业无奈,只得同意出兵。杨业说:"明日

作战,那些地势平坦的地方不用提防;只是不远处的陈家谷,山势险峻,如果敌人在那里埋伏兵马,我们很难应对。希望招讨使大人派兵在那里接应,也许我们还能破敌,不然的话,我们全军都难以保全!"潘仁美说:"你只管出兵作战就行了,我自然会派兵到那里接应。"

杨业退下,贺怀浦说道:"杨先锋说得有道理,招讨使大人应该派人前往陈家谷接应。"潘仁美说道:"我一直想找机会治治他,现在机会来了,我不会派人去接应他,看他如何应对!"贺怀浦说道:"大人不能只报私仇,而把国家大事置之不顾!"潘仁美不听劝阻,起身走入帐内。贺怀浦长叹一声:"身为主帅,却公报私仇,把国家安危大事当做儿戏,我们大宋朝就要断送在他的手上了!"随即来见杨业。怀浦对杨业说:"将军此次作战,必定凶险无比。招讨使的接应部队,恐怕是指望不上了。我愿意与将军并肩作战,也许能助将军一臂之力!"杨业很是佩服怀浦以国家为重,说道:"我与将军左右相应出兵。"

第二天黎明时分,杨业率领两个儿子,偕同贺怀浦,在狼牙村列阵。忽然听到鼓声大震,只见辽兵漫山遍野而来,势力极盛。耶律奚底手持大斧,骑马立在阵前。杨业挥刀向前,和耶律奚底战在一处,两边士兵齐声呐喊。两人打了几个回合,耶律奚底回马便走。杨业快马追来,杨延昭和贺怀浦率领军队乘势杀向辽军。辽军丢下武器纷纷溃逃。耶律奚底见杨业追了过来,边打便跑。杨业看四周都是平旷之地,料想没有伏兵,就尽力追赶。将近陈家谷,萧挞懒在山坡上放响号炮。耶律斜轸听到炮声带领伏兵杀了出来。杨业以为谷口应该布有宋兵,回头一望,却发现根本没有宋兵接应,知道不妙,赶紧拨马往回杀,却已经被耶律斜轸截在谷口。辽军万箭齐发,箭如雨点般射向宋军,宋军死伤无数。延昭、延嗣拼死冲进敌阵,山上辽兵扔下石头,石箭交加,两人想要救出父亲,却不能近前。耶律奚底回军杀来,正好遇到贺怀浦,二人交战两个回合,怀浦就被

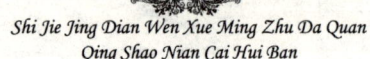

劈死在马下，手下部将全部死在辽兵刀箭之下。

杨延昭见势不好，对延嗣说："你杀出重围，火速到招讨使那里求救。我杀进谷口，去救父亲。"延嗣奋力杀出重围，打马扬鞭向宋营方向疾驰而去。延昭一眼望去，见山谷之中杀气冲天，知道父亲被困其中，怒从心头起，大喊一声，杀入谷口。迎面正好遇到辽将陈天寿，交战只一个回合，便把陈天寿刺落马下。随即杀散辽兵，进入谷中。杨业看到延昭，喊道："辽兵太多了，你赶紧杀出去，不要管我，我们不能都死在这里！"延昭说道："儿子为父亲开路，救父亲出去！"说着举枪杀向辽兵，延昭真是威武无比，杀出了一条血路。萧挞懒带人从旁边杀过来，把杨业截在后面。

此时杨业与辽军已经鏖战多时，身上战袍已被鲜血染红。登高而望，只见四面八方都是辽兵，而自己身边战将已经寥寥无几。杨业长叹一声，自己本想为国征战，建功立业，谁知被奸人陷害，以至于濒临绝境。杨业对身边部将说道："你们都有父母家人，不要和我白白死在这里。你们赶紧沿着山间的那条小路逃走。"部下不肯逃走，要与杨业同生共死。众人拥杨业走出胡原，看见一个石碑，上面刻着"李陵碑"三个大字。杨业感叹道："汉朝的李陵不忠于国家，怎么还为他建碑呢？"杨业回头对手下部将说："我不能保护你们了，这里就是我以死报答圣上的地方，你们好自为之吧！"说着，一头朝石碑撞去，可怜一代豪杰，就这样陨落在李陵碑前。正是：

矢尽兵亡战力摧，陈家谷口马难回。

李陵碑下成大节，千古行人为感悲。

英雄命陨，山河为之动容。此时辽兵杀来，杨业部下奋战不屈，最终都战死在碑前。萧挞懒随即带领人马奔宋军西营而去。

第十一回

杨六郎告御状欲雪冤屈

七郎延嗣杀退辽兵，骑马飞奔回到瓜州，来到西营见招讨使潘仁美。延嗣浑身鲜血跑进军帐之中，跪倒在潘仁美面前，只见他满脸是泪，说道："我父亲被辽兵困在陈家谷，生命只在旦夕之间，希望招讨使大人速速派兵前去营救！"却见潘仁美脸色一沉，说道："你们父子不是号称天下无敌吗？怎么刚刚和辽军开战，就来求救啊？打仗时兵马派遣已定，我现在没有人马可以派遣！"延嗣万万没有想到潘仁美会见死不救，气得喊道："我们父子是为国家流血卖命，你身为招讨使竟然坐观成败，你有何面目去见圣上！"潘仁美命人把七郎轰出帐外。

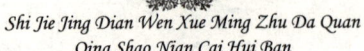

世界经典文学名著大全
·青少年彩绘版·

七郎站在大帐之外，骂道："你这老贼，我与你势不两立！"潘仁美大怒："这个乳臭未干的小子，还想找我报仇，现在生杀大权掌握在我的手中，看来你是不想要命了！"随即命令手下军士把七郎绑在柱子上，令军士万箭齐发，射向七郎。可怜那杨七郎，勇冠三军，无人能敌，却死在自己军队的乱箭之下。杨延嗣万箭穿身，全身上下体无完肤，看见的人无不伤感哀叹，正是：

万马军前建大功，斩坚入阵见英雄。

如何未遂平生志，反致亡躯乱箭中？

潘仁美射死杨七郎，命人把他的尸体抛进黄河。此时忽然有人来报："杨业已经战死，辽兵已经杀奔西营来了！"潘仁美大惊，心想："辽军兵多气盛，我哪里是他们的对手！还是赶紧退兵。"随即命令部下撤军回京。刘君其等人惊慌失措，提心吊胆地跟随潘仁美逃回汴京。

杨延昭的部下已经被杀散，延昭单人独骑跑到黄河岸边，忽然看见前方有两员宋将，走近才知道，原来是自己的部下陈林、柴敢。二人被辽兵杀散，躲到树林里，等辽军散尽才出来。他们来到河边，发现了一具尸体从上游飘过来，细看竟然是杨七郎。此时恰好延昭赶到，一看七郎尸首，体无完肤，显然是被乱箭射死。六郎知道一定是七郎向潘仁美求救，反而遭到老贼陷害，不禁仰天长泣："我们父子为国尽忠，为什么却遭到这样的待遇！"陈林、柴敢赶紧打捞起七郎尸首，把他掩埋在岸边的高地上。

延昭让陈林、柴敢先随处安身，自己单人独骑去找父亲。延昭进入陈家谷，只见宋军尸体遍地都是，延昭内心不禁酸楚。一路找到李陵碑，发现了父亲的尸体，延昭不禁抱住父亲大哭道："父亲征战沙场，从来没有遇到过对手，没想到今天竟然葬身疆场，皇天不保佑我们父子啊！"哭了一阵，延昭拔出宝剑，掘开

地上的沙土,掩埋了父亲的尸首。

延昭擦干眼泪,骑马走出谷口。突然面前一队人马拦住去路,为首的辽将冲延昭杀了过来,延昭举枪迎战。打了没几个回合,辽兵就一起冲了上来。延昭虽然勇猛,但是架不住对方人多势众。正在危急之时,忽然间,山后杀出一人,手持大斧一下子劈死了辽军将领。来人杀散辽兵,下马来见延昭,原来是五郎延德。兄弟相见,真是悲喜交加,两人不禁抱头痛哭。延昭说:"这里还是敌军活动的地带,弟弟还是和我到山上说话。"二人来到五台山,六郎问道:"自从和哥哥在幽州失散,便不知哥哥是生是死,怎么会在这五台山出家呢?"延德说:"当时父亲保护圣驾出东门,我与众兄弟和辽兵鏖战。当时情势危急,我为了脱身,就到五台山削发为僧。今日听说宋辽在陈家谷交兵,心中挂念父亲,就下山观看,没想到正好遇见六弟。"延昭便把父亲与七郎被奸人陷害致死的情况告诉了延德。延德感到万分悲愤,说道:"亲人之仇,不能不报!"延昭说道:"小弟要在皇上面前为父亲、七弟鸣冤报仇!"延德赞成。第二天,延昭就辞别延德,前往汴京而去。

杨延昭沿大路一路前行,走了没有多长时间就到了一处山林。二十几个贼人拦住延昭去路,要他留下买路钱。延昭正要与他们厮杀,突然发现他们的头目竟然是自己的部将陈林、柴敢。二人一见延昭,赶紧下马拜见,把他请入山寨之中。延昭就把父亲被潘仁美陷害而战死的情况一一说出,并且说明自己要回汴京到皇帝面前状告潘仁美。陈林说道:"幸亏我们遇到将军。听说潘仁美怕将军回京城告御状,早已派了自己的心腹埋伏在黄河渡口,只等将军渡河时杀掉将军。还是我派人送将军从小路走吧!"延昭没想到潘仁美如此心狠手辣,还要杀掉自己斩草除根,只得同意走小路绕道雄州,前往汴京。

幽州萧太后得到萧挞懒大败宋军、杨业战死的捷报,决定南下一举攻取中原之地。萧太后宫中有个宦官名叫王钦，本是朔州人，自幼就进宫侍奉萧太后。这王钦为人乖巧，善于机变逢迎，萧太后很是信任他。王钦私下里对萧太后说："中原地大物博，谋臣勇将，数不胜数。我们只是取得了一次战争的胜利，要想夺取整个大宋的天下，哪里就有那么容易？臣有一个计策，保管用不了一年，就可以使中原之地尽归太后所有。"太后说："你有什么妙计，说来听听。"王钦说道："臣假扮作宋朝人，想办法投靠到宋朝皇帝宫中。如果成功了，大宋朝廷内部有什么动静，兵力如何，国家内部是不是有纷争，我都可以秘密派人报告太后。然后，太后可以乘宋朝虚弱之时，发兵南下。到那时，何愁大宋江山不属于陛下呢？"萧太后听了，非常高兴，说道："等到平定中原之日，你就是第一大功臣，我要把中原重镇封给你！"

第二天，王钦假扮成宋人模样，一切准备得当，便向萧太后辞行。只见那王钦，一副读书人的装束：头戴黑纱巾，身穿绿罗衣，系一条双鞭黄丝绦，脚上穿一双八比青麻鞋。太后看了笑着说："你扮作宋人还真是很像啊！这次到了汴京，一定要见机行事。"王钦说道："请太后放心，臣自有办法。"说完便辞别太后，离开幽州，奔雄州方向而来。

当时正是五月，艳阳高照，天气炎热。王钦一路行来，来到绿芜亭，就靠栏杆坐下歇息。恰好遇到杨延昭来到此地。延昭看他是读书人打扮，就问道："先生从哪里来？"王钦说道："我本是朔州人，姓王名钦，字招吉。自幼在这里居住，读遍古今之书。现在前往中原，想在京城谋个一官半职。没想到在这里遇到将军，请问将军尊姓大名？"延昭没有隐藏，就把自己的真实情况告诉了王钦。王钦听了延昭的话，愤然说道："你们父子如此忠义为国，却遭到奸人陷害，为什么不到皇帝面前告状申冤呢？"延昭说道："我正要赶赴京城为父申冤，只是没有人会写御状，没有御状，我又能怎样让皇帝知道我的冤情呢？"王钦说道："这不

是难事,我来帮将军写御状。"延昭一听,喜出望外,拜倒便谢。

于是,两个人一同来到驿馆住下,当晚,王钦就为延昭写好御状。延昭一看,果然是情真意切,言辞激烈,婉转悲悼。延昭看后激动不已,说道:"有了这个状子,我杨家的冤屈就可以昭雪了!"当晚,两人饮酒畅谈,约定在汴京相会。

第二天,延昭与王钦告辞,赶赴京城。谁知早有密探把这一消息报告给潘仁美。潘仁美大惊,赶紧与刘君其等心腹商议对策。刘君其说:"太师不妨先发制人:您向皇上奏一道表章,就说杨业父子贪图战功,贸然出兵,致使宋军陷入敌军包围,全军覆没;杨延昭战败,畏罪潜逃,至今下落不明。这样就算杨延昭回到汴京,也会被认为是有罪之人,不等他去告御状,皇上就会先依法诛杀他。"潘仁美说道:"这个计策不错。"于是当日就写好表章,上呈给皇上。

这一天,杨延昭来到汴京,正好遇到七王退朝,延昭拿出御状,拦住七王车驾喊冤。七王手下的人见有人挡住车驾前行,冲上前捉住延昭,就要把他捆起来。七王大喝道:"不要绑他!听他说说有什么冤屈。"随即带延昭来到七王府。七王把延昭的状词细细看了一遍,发现状词写得言辞得体,文笔锋利。心中不免惊叹:"写这个状词的人,真是治世奇才!"于是问延昭说:"这个状词是谁写的?"延昭不敢隐瞒,就把王钦的情况向七王说明。七王一听,非常高兴,说道:"本王正需要这样的人才。如果他来求取官职,我一定任用他!这个人现在在哪里?"延昭说:"就住在京城东角马门的龙津驿。"七王于是派人赶往龙津驿,去请王钦。七王又对延昭说:"你的冤屈,涉及国家大事,我这里很难决断。你可以到皇帝宫门之外击鼓鸣冤,让圣上得知,就会为你申冤。速速前去,不要让别人知道。"延昭拿好御状,拜别七王,直奔皇帝宫门而去。

延昭来到门外,击鼓鸣冤。守军把他带到大堂之上,提狱官审问了一番,就把御状上交给皇上。太宗把状子摆在桌案之上,仔细审阅。状词详细写了陈家谷之战,陈述了潘仁美如何为报私仇,不顾国家大局,又如何陷害杨家父子,不发兵接应,致使宋军全军覆没的情况。太宗看完,非常愤怒。没想到杨家父子为国尽忠,如今战死沙场,令人不胜惋惜。潘仁美不顾国家大局,不仅让军队蒙受巨大损失,而且使国家痛失良将,真是可恨!正在这时,有官员呈上潘仁美的表章。太宗一看,竟然是陈述杨家父子贪功冒进,致使军队战败受损。现在双方各执一词,事情的真相到底是什么,太宗也很难分辨。于是,太宗命参知政事傅鼎臣审问此案。

傅鼎臣于是升堂审理此案,命人把潘仁美、刘君其、米教练等人带到堂下。傅鼎臣说道:"潘太师,我们同为朝廷命官,今天多有得罪,还请见谅。只是君命难违,我也很难法外开恩。如果太师真的做了违法的事,还是快快如实招来,不要让我在您身上用刑。"潘仁美说道:"我也是奉皇帝之命到前方防御辽兵。杨家父子战术不当,兵败丧命,反过来诬陷我们,希望大人明察!如果朝廷不给我做主,冤枉我,判我有罪,那以后谁还敢担任主帅之职?"傅鼎臣觉得很难决断,一时沉吟不语,随即便命令手下把潘仁美等人押到狱中。

傅鼎臣回到后堂,有人来报:"潘府的黄夫人派使女来,说有机密之事要见大人。"傅鼎臣让人把使女带进后堂相见。使女跪在阶下说:"黄夫人派我来给大人送来黄金一百两,玉带一条,希望大人笑纳。还请大人对潘太师多加关照。"傅鼎臣本来就是贪财好利之徒,见到这些财物,心中万分欢喜,于是收下财物,对使女说:"你回去告诉夫人不用挂念,太师的案子,我自有分寸。"使女告辞出门而去。

潘家使女刚刚走出大门,就被八王的手下抓住。原来八王知道傅鼎臣贪财,担心潘家做贼心虚,会派人来贿赂傅鼎臣,就秘密派手下在傅鼎臣府门之外

监视。潘家果然派人来前来行贿，八王得到报告，马上赶到，把使女捉个正着。八王非常生气，手提皇上御赐的金简，来到后堂。傅鼎臣一见八王手提金简到来，吓得面如土色，连忙迎接。八王厉声问道："你身为朝廷命官，竟然私自接受潘家贿赂，打算迫害杨家，该当何罪？"傅鼎臣说道："小官并没有收受潘家的贿赂，八王殿下不要听信小人谗言。"八王见傅鼎臣并不认账，就命人把潘家使女押上来，使女害怕用刑，只得如实招供。八王愤怒地说道："傅大人还有什么话说吗？"傅鼎臣哑口无言，自己脱去了官服，俯首认罪。

八王命人备好马匹，随即进宫见太宗，把情况向太宗说明。太宗大惊，说道："幸亏你有先见之明，险些让这奸臣得逞！应该怎样处置傅鼎臣？"八王说："私受贿赂，按律法应该削职为民。"太宗随即传旨："罢免傅鼎臣官职，削职为民，遣送回乡里。"八王又说道："西台御史李济，忠诚可靠，办事公正，不如让他来审问潘仁美的案子。"太宗应允，随即传旨，命令李济审问此案。

李济在御史台升堂审案，潘仁美、杨延昭等人被狱官一同押到大堂。只见李济端坐在大堂之上，一脸正气；两旁军士威风凛凛，各种刑具布满大堂。潘仁美、刘君其等人看了不免胆战心惊。李济审问潘仁美，潘仁美推脱罪责，说道："杨业之死与我无关，是他自己作战不力，被辽人打死。"李济大怒，说道："你是主帅，宋军损兵折将，你却毫发无损，反而诬赖杨业作战不力；杨七郎有什么罪，你要用乱箭射死他？你不要忘了，傅鼎臣已经因为你断送了前程，今日还不好好交代？你如实招来，免得动用刑具。"潘仁美低头不语。李济命令军士，押解刘君其、秦昭庆、米教练等三人到甬道，用极刑拷打他们。三人受不了苦痛，只得把陷害杨业、射死杨七郎的情况一一招供。李济审明案情，做好笔录，仍旧把犯人关押妥当，等候圣上处置。

第二天，李济把审案的结果汇报给太宗。太宗大怒，说道："朕一向是对潘仁美很宽容,只是因为他是先帝的功臣。没想到他却因为个人私利,不顾国家大局,陷害忠臣,不把他正法,怎么能对得起死去的边疆将士!"于是问八王,应如何处置。八王说:"潘仁美应当处斩,因是先帝功臣,就处以削职为民;刘君其、秦昭庆、米教练等,为通谋之罪,发配边疆充军;杨延昭私自脱离部队,犯了军法,念他身负冤仇,就从轻处置,把他发配郑州。"太宗随即传旨,按八王所说处置。真是皇天有眼,善恶有报。满朝文武无不拍手称快。

第二天,太宗对大臣们说:"杨业父子尽职尽忠,屡立奇功,是国家的功臣,没想到却被陷害致死。朕一想起他,就痛心不已。朕想恩典表彰杨家,不知大家认为如何?"寇准说道:"陛下恩典功臣,抚恤他们的后人,这也是为国家社稷着想,有何不可呢?况且杨业父子,忠诚为国,为人敬仰。现在杨家只有杨延昭一人在世,陛下应该对他施加恩惠。"太宗于是传旨,免去延昭发配郑州的处罚。

第十二回

赵元侃承皇位较量辽军

太宗在位已经有二十多年了,一直都没有立太子。七王心里很是不安,私下里和王钦商议。王钦本来就巧言善变,很有文采,为人又善于逢迎,自从进入七王府,他很快就取得了七王的信任。七王对王钦说:"圣上如今已经年迈,却迟迟不肯立太子,难道是想传位于八王?如果真是这样,那我岂不是没有机会了?"王钦说道:"殿下的担忧不是没有道理。当年太后有遗言,让八王继承太宗皇位。圣上非常看重太后遗言,一定会传位于八王。殿下如果有想法,就应早做定夺。"七王问道:"我该怎么做?你有什么计策?"王钦想了想说:"臣有一计，不知殿下是否满意？"七王说道："说来听听。"王钦说："殿下可以找一个能工巧匠到府中来，为您打造一把鸳鸯酒壶。这个鸳鸯酒壶能盛两种酒。现在正是春天，百花盛开，陛下可以选一个良辰吉日，请八王到后苑玩赏。然后请八王饮酒。您把毒酒藏在鸳鸯酒壶的外层，醇酒放在酒壶内层。八王喝到毒酒，不用半个钟头就会死于非命。您看如何？"七王一听大喜，说道："这个计策太好了！不过事不宜迟，应该马上去找工匠打造酒壶。"于是就派人到城中寻找能打造鸳鸯酒壶的能工巧匠。

城西有个胡银匠，手艺不错，就被召到七王府中打造鸳鸯酒壶。胡银匠果然技艺高超，不出几日，就打造完毕。银匠把酒壶献给七王，七王一见，惊叹不已，酒壶做工精巧，内中机密，不知情的人根本看不出来。七王和王钦秘密商议："酒壶已经做好，我们什么时候开始行动？"王钦老谋深算，说道："此事一定要万分小心，一定不能泄露半点风声。为了防止消息外漏，殿下要先杀掉胡银匠灭口，然后您再邀请八王来赏玩宴饮。"七王随即请上胡银匠，赏赐给他醇香美酒。胡银匠喝了醇酒，很快醉倒。七王命手下把银匠扔到了后苑的井里淹死了。七王杀死了银匠，就派手下到八王府中邀请八王前来府中，在后苑同赏美丽春景。八王同意第二天前来赴约。

第二天，八王应约来到七王府中。二人来到后苑，此时正当春光明媚，百花斗艳，真是一派胜景。七王笑道："难得如此美景，我们不如畅饮一番。"八王说道："多谢殿下相邀。只是这些天，由于冷暖失调，身体有些不适，尤其是胃部更加难受，实在是不敢饮酒啊！"七王说："那您就少饮几杯。"说着命人摆上美味佳肴，七王命令手下为八王斟酒。手下人拿过鸳鸯酒壶倒了一杯毒酒，端到八王面前。这酒一倒入金钟，毒气就一下子弥漫开来。八王因为身体没有完全康复，闻到这酒气，忍不住连连咳嗽，连忙用手捂住鼻子。忽然间，吹来一阵狂风，

一下子就吹倒了金钟，毒酒全都洒了出来。八王觉得身体很不舒服，就告辞离开了。

七王这个计策失败，很是懊恼。王钦说道："虽然没有达到目的，陛下也不必惊慌，八王并不知道是怎么回事。我们再慢慢想办法。"七王仍是心里不安，闷闷不乐。

这一年，太宗偶然染上疾病，谁知竟然一病不起。太宗感到自己离开人世的日子不远了，就召集寇准、八王等人进宫，向他们嘱托后事。太宗说："自从先帝把天下交给我，已经二十二年了。按照太后遗嘱，我应该把皇位还给八王了。"八王说道："陛下，您的皇子已经长大成人，还是应该立您的皇子为太子。您应该传位给您的皇子七王。臣绝对没有继承皇位的愿望，陛下保重龙体才是最重要的。"太宗沉默不语，过了一会儿才对寇准说："你看谁可以继承皇位？"寇准说："陛下您为国家选择君主，这是国家最重要的事，还是由陛下您自己选择德高望重的人最合适。"太宗说道："既然八王不肯继承皇位，那就由七王元侃来当此重任吧！"太宗又对八王说："朕这次生病不同平常，恐怕是不久于人世了。你要尽心尽力地辅佐弟弟元侃。我赐给你十二道免死金牌，如果有奸臣把持朝政，你有权诛杀。杨业的儿子杨延昭，是国家的栋梁之才，一定要重用他。"八王跪拜受命。

不久，太宗皇帝驾崩，终年五十九岁。众文武拥立七王赵元侃在福宁殿继位，这就是真宗皇帝。真宗即位，尊母亲李氏为皇太后；封王钦为东厅枢密使，谢金吾为枢密副使；为八王进爵位为诚意王；其他文武，各有升职。

真宗即位不久，朝廷重臣宋琪、吕蒙正、张齐贤等纷纷上书皇帝，申请解职还乡。真宗准许他们还乡，从此朝廷重事专由王钦处理。

这一天，八王刚刚出府门，就被一人拦住车驾，喊冤告状。八王问道："谁在驾前喊冤？"那人哭着说道："小人是胡银匠的儿子，我的父亲是京城最好的工匠，前些日子被召入七王府中打造鸳鸯酒壶，想要用这个酒壶谋害殿下。好多天，我的父亲都没有回家。后来才知道，那王钦怕我父亲泄密，已经把他谋害致死了！小人有冤无处诉，只得求殿下为小人做主！"八王一听大怒，想到那天在七王府中饮酒，那酒气非常怪异，原来竟然是毒酒！当时看到王钦在那里指手画脚，这个奸人竟然想要谋害自己！于是八王命令手下接过状纸，拿了十两黄金给了那个告状的人，让他走了。

八王入朝，正好遇到王钦和真宗皇帝在便殿商议事情。八王径直走到皇帝面前说道："臣今天接到一纸冤状，告王钦枢密使谋害了胡银匠，臣已经准许受理这个案子，特地来报告给陛下。"真宗一听，大惊，说道："王钦一直都在朕的身边，怎么会有谋害百姓的事呢？王兄不要轻信奸人胡言啊！"八王冷笑着说："谋害胡银匠，本来就是因为我的缘故。臣诚心诚意为陛下尽忠，陛下又何必心生疑虑，听信谗言，来迫害自家骨肉呢？臣要是想当皇帝，用不着等到现在！"王钦急忙上前对皇帝说："陛下请明鉴，如果胡银匠真是被谋害，那他为什么当时不去告状，却等到陛下您已经做了皇帝，才去告状？这不是毁谤天子吗？八王这是以势压臣，还请陛下为臣做主。"真宗没有应答。八王大怒，抽出太祖所赐金简，朝着王钦就打了过去。王钦没有来得及躲避，金简一下子就打中了他的鼻子，鲜血流得满脸都是。王钦赶紧逃跑了。真宗劝八王说："王兄息怒，看在朕的面子上，就饶了他这一次。"八王指着王钦骂道："你要是再敢为非作歹，我就杀死你！"说完，愤愤离去。

王钦见八王离去，就回来跪在真宗面前，请求赐自己死罪。真宗抚慰他说："八王是先帝的爱臣，连朕也要让他几分，何况是你呢！不要把这件事放在心

上,以后凡事都避让他就是了。"王钦告辞皇帝回到自己府中,心中仍旧愤愤不已,想要报复八王。于是王钦给萧太后写了一封密信,派人连夜到幽州送交萧太后。

萧太后收到王钦的密信,只见信中说道:"宋朝太宗去世,新皇帝刚刚即位,朝中没有什么良将。此时正是攻打大宋,占领中原的好时机。如果太后发兵攻打大宋,中原之地指日可得!"萧太后看完密信,立即召集群臣商议。萧天佑说:"耶律休哥驻扎在云州,已经多次请求出兵伐宋了。既然宋朝的君主立国未稳,我们正好可以趁着他们没有什么防备,出兵讨伐,一定能够大获全胜!"话音刚刚落下,只听有人说道:"宋朝皇帝善于用人,镇守边疆的统帅,都是虎狼一般的将领。王钦所说的情况我们并没有亲眼看到,如果太后发兵南下,也不一定准保成功。"萧太后一看,原来是卷帘将军土金秀。太后问道:"那你认为应该怎样才更妥当?"土金秀说:"臣有一计,可以让宋朝献出山后的九州之地给太后,而不需要劳师动众。陛下可以派人给宋朝皇帝带去书信一封,通知他们,臣与麻哩招吉、麻哩庆吉率领五千骑兵,要在河东与宋交界之处与宋人比武。臣的箭法天下无双,招吉枪法无敌,庆吉刀法冠于天下。如果宋朝的将领能和我们打成平手,那陛下如立即出兵攻打大宋的话,就很难获得全胜;如果宋将不是我们的对手,陛下就可以御驾亲征,长驱直入,一举攻占汴京。"

萧太后一听,非常高兴。随即写好书信,派使者送往汴京。真宗看到萧太后的书信,与众位大臣商议对策。寇准说:"看萧太后的来信,语气很傲慢,应该是想看看我方的实力如何。我大宋堂堂天朝大国,将才济济,还怕一个区区蛮夷之国吗?陛下只需降下圣旨,在全国选拔勇猛善战之将,到河东去与他们比武较量。"真宗说道:"先辈的良将,都已经年迈。只有杨家还有杨延昭在。当年先帝曾经派人把他从郑州发配之地调回,可是直到现在也没有听到他的什么消息。其他将帅恐怕不能战胜辽将啊！"寇准说道："陛下可以再派人到郑州去找一找。"

于是真宗派人到郑州寻访杨延昭的下落，郑州太守说："先帝早已下令赦免了他的罪回朝廷去了。"真宗得知，心中闷闷不乐。八王见真宗几日来愁闷不堪，上奏道："臣前往无佞府察看一下，看看有没有杨六郎的下落，陛下认为如何？"真宗说道："能不能找到杨六郎，关系重大，还请皇兄用心察看。"

八王当天就来到无佞府，见到杨老夫人，向她询问杨延昭的消息。老夫人说："当年六郎犯了罪，被发配到郑州，就再也没有回来，我也不知道他在哪里啊！"八王说："老夫人，现在是新皇帝即位，已经对延昭下了赦免令，召他入朝，您就应该让他为国家出力呀！为什么要藏起来呢？"老夫人说："既然是国家有难，那就容我再派人到郑州去找找。如果能找到，就让他立即去见殿下。"八王明白了她的意思，就起身告辞离去。

八王回到朝廷奏明真宗："杨家人也不知道杨延昭的下落。"真宗更加忧虑。此时，边境上传来消息："辽兵在晋阳屠杀大宋百姓，很是猖狂。乞求陛下早日下旨发兵。"真宗问满朝文武道："谁能担当重任，领兵前往边界与辽人比武？"寇准说道："禁军教练使贾能，文武双全，可以担此重任。"真宗皇帝于是传旨，任命贾能为亲军使，带领骑兵一万，同寇准一起到晋阳与辽军比武较量。

第十三回
杨家将对辽阵大显神通

　　贾能带领军队离开汴京,向河东进发。此时,无佞府中杨老夫人秘密派人打探,得知官军动身的消息,老夫人唤来六郎,和他商议。老夫人说:"贾教练虽然勇猛善战,但他绝对不是辽人的对手。如今我们大宋皇帝刚刚即位,辽国欺我朝中无人,国家正是急需人才的时候,六郎还是要为国家大局考虑啊!"六郎说:"国家有难,我哪里能坐视不管?母亲就是不说,我也有意于此了!只是如果有人和我一同前往就更好了。"谁知话音刚落,八娘、九妹就一起闯进来说道:"我们两个愿意陪同哥哥一同前往!"六郎摇摇头说:"你们两个女孩子去,很不

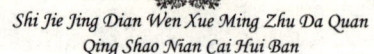

方便啊！"八娘说道："我们可以加入宋军队伍一同前行。"六郎一看两个妹妹意气高昂，就同意了。兄妹二人随即出发，前往河东晋阳。

辽军统领土金秀自从带兵来到河东边境之处，就在两国地界处建了一座大营。每天早晚带兵到边境处烧杀掠夺，饮酒作乐。宋朝边境的老百姓苦不堪言，日日盼望宋军到来。

这一天，土金秀突然得到报告，宋朝的大队人马即将赶到。土金秀就和麻哩招吉等人商量，土金秀说："宋朝没有了杨家父子，就没有人是我们的对手了。你们和宋将比武的时候，一定要尽心尽力，不要辜负了太后对我们的期望。"麻哩招吉说道："主帅放心，我们一定不会让主上失望，一定会让宋军大败而归！"

第二天，两军对阵，双方各自率领军队摆开阵势。辽军统帅土金秀全身披挂整齐，带领麻哩招吉、麻哩庆吉站在队列前面。宋阵中寇准、贾能率军队迎面而立。战场上杀气腾腾。

辽军阵中冲出麻哩招吉，只见他挺枪跃马来到阵前，大声喊道："宋将有不怕死的就出来应战！"贾能冲出宋阵，来战麻哩招吉。二人打了十几个回合，不分胜负。麻哩招吉不愧是辽军大将，枪法纯熟，贾能力量有所不支。此时，麻哩招吉竟然败走，贾能不知是计，打马就追。突然，麻哩招吉回身一枪刺了过来，贾能来不及躲闪，被刺于马下。宋军士兵一见，都大惊失色，不免有些怯阵。

正在危急时刻，只见一员女将飞马冲出，与麻哩招吉打在一处。打了没有几个回合，女将抛出一条红色丝绦，一下子就把麻哩招吉绊于马下。宋军士兵赶紧跑上前来，把麻哩招吉捉住。寇准大喜，忙问女将是何人。女将走上前来施礼，说道："我是杨令公的长女八娘。"寇准不禁感叹道："真不愧是将门之女啊！"于是命人为八娘计功。

杨家将

　　麻哩庆吉一见兄长被抓，打马冲出辽阵，要为兄长报仇。宋将赵彦舞刀迎战。二人战了几个回合，赵彦力量不支，拨马便往回跑。麻哩庆吉一直追过来，眼看就要追上赵彦，宋军中冲出一员少年女将，正是九妹。九妹舞刀冲向麻哩庆吉，二人打了二十多个回合，只见九妹手起刀落，把麻哩庆吉劈死在马下。

　　九妹斩杀了麻哩庆吉，回到宋阵中拜见寇准。寇准得知九妹是杨令公的小女儿，不禁感叹道："杨家将为朝廷征战，父子几人都战死沙场。只知道杨家的男儿各个是好汉，没想到你们姐妹也是武艺高强，真乃女中豪杰啊！"于是命人为九妹记功。

　　辽将土金秀一连损失两员得力战将，痛心不已。他打马出阵，对宋军大喊道："谁敢来与我比试射箭？"宋朝大将杨文虎说道："我来和你较量一番！"土金秀真不愧是辽国名将，只见他拉弓搭箭，向箭靶的红心射去，连射三箭，箭箭射中红心。周围人都禁不住大声喝彩。宋将杨文虎也连射三箭，却只有一箭射中红心。土金秀见胜过杨文虎，就要求宋军放回被抓的麻哩招吉。文虎不同意，要与土金秀比武，土金秀大怒，举刀便砍，文虎来不及躲闪，被他一刀砍中左臂，受伤跑回宋阵。土金秀打马便追。

　　杨六郎在阵中早已看得心急，此时见文虎危急，打马扬鞭冲出宋阵，迎面拦住土金秀。二人战在一处，土金秀感到不是六郎的对手，便拨马回转，对六郎说："我们还是比赛射箭吧！"六郎按住银枪，笑着说道："好，我和你比射箭！"说着，取出自己的硬弓，在马上连射三箭，全部都射透了红心。旁边众人忍不住高声喝彩，大家都感叹六郎神力。六郎对土金秀说："轮到你了，先看看你能不能拉开这把弓吧！"土金秀接过六郎手中硬弓，只见他牙关紧咬，二目圆睁，使出平生之力来拉那硬弓，那弓却不动分毫。土金秀心中不禁大惊："这个宋人能拉这样的硬弓，真是神人啊！"宋军连胜三阵，士气大振。辽军士兵垂头丧气。寇准

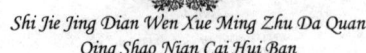

高声喊道:"今天我们活捉了你们的大将,现在我们放了他。你们回去禀报萧太后,要她不要再生事端,搞得两国边境不得安宁!"随即命令把麻哩招吉放归辽军。

土金秀羞愧不已,率领部下径直回辽国去了。杨家将为这次战胜辽国起到了关键性的作用,后人有诗称赞:

气势南来恃勇雄,一时失计斗酣中。

军前自有杨家在,为辅皇朝建大功。

寇准回到军中,立即召见杨六郎。寇准对六郎说:"今日这一仗,如果没有你们杨家兄妹,我军很难获胜啊!我们一定会被辽人羞辱的。将军一定要随我入朝见真宗皇帝,接受圣上的封赏。"杨六郎拜谢寇准。

寇准带领军队回到汴京,入朝拜见真宗皇帝。寇准向真宗汇报了此次和辽人比武的情况,寇准说:"我们能够全胜而归,杨家兄妹立下了大功啊!"真宗一听非常高兴,立即传旨召见杨六郎。真宗对六郎杨延昭说:"杨家父子忠诚为国,先帝一直就倍加称赞。可惜老令公战死沙场,令人心痛。现在,看到你还安然健在,朕就知道我们大宋的边境无忧了!"随即封杨延昭为高州节度使。延昭推辞说:"臣父子身负败军之罪,承蒙陛下赦免臣的罪过,饶臣不死,陛下的恩情已经很厚重了,臣哪里还敢接受官职呢?"真宗说:"先帝在位时,就要表彰你们父子的忠心,如今你们兄妹又在此次比武中立了大功,就应当接受封赏。不要推辞了。"延昭请求说:"陛下如果一定要封给臣官职,那就封臣为佳山寨巡检吧!节度使臣实在是不敢担当。"真宗说:"巡检这个职位太卑微了,将军有雄才大略,有万夫不当之勇,实在是将帅之才,任命将军为巡检实在是太屈才了啊!"延昭说道:"臣不嫌职位低下,愿意担当这个职位。臣听说佳山附近有几员良将,臣就是想借在那里任职的便利,去招降他们,让他们为朝廷效力。再者,佳山是通往幽州的咽喉要道,臣如果镇守佳山,辽人就不敢轻易南下攻打我们大宋了!请圣上准许我在佳山为我们大宋树起一道屏障吧!"真宗不禁感叹道:"将军是真正的忠义之臣啊!"于是答应了延昭的请求,任命他为佳山寨巡检。命令枢密使王钦为延昭选派士兵,一同前往佳山寨。

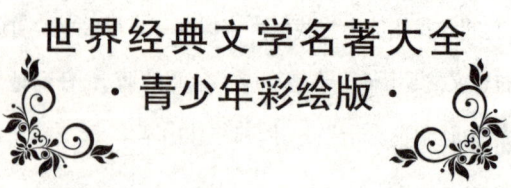

第十四回

杨六郎镇边关连收勇将

　　王钦接到真宗命令，就选派了三千士兵，大多是老弱之兵，交给延昭。延昭一看，勃然大怒，说道："朝廷派我去镇守佳山，正是因为那里是与辽国交界的重要关口，怎么竟然给我选些老弱之兵！"谁知话音刚落，就听军中有人说道："将军是将家出身，自然是天下无敌，就欺负我们是无名小辈吗？将军肯不肯和我比试一番呢？"延昭顺着声音一看，原来是一个年轻将领，只见他面如敷粉，唇若施朱，长得非常俊朗。延昭心想："此人倒是很有胆量，只是看他外貌，并不威猛，不知道是不是有真本领。"于是说道："我来与你较量一番。"这个年轻的将

领名叫岳胜,本是齐州人,手中使一柄大刀,别看他外貌温文,却有万夫不当之勇,军中号称"花刀岳胜"。

岳胜和延昭打在一处,打了二十多个回合,不分胜负。六郎心中暗想:"此人刀法纯熟,勇力过人,果真是一员猛将!"岳胜越战越勇。延昭假装战败,回马就跑。岳胜心想:"我一定要抓住他,看他还会不会轻视我们!"于是打马追去。杨延昭的战马跑得很急,竟然前蹄失足,摔倒在地,延昭猝不及防,一下子就被摔到马下。岳胜骑马赶上,举刀向延昭劈去,一下子就劈在延昭的头盔之上。岳胜只见刀落之处,火星四溅,一头白额猛虎跳出,冲自己扑来。岳胜一惊,赶紧跳下战马,扶起六郎,说道:"小将肉眼凡胎,不知道将军是神人啊!刚才得罪将军,还请将军恕罪!"六郎说:"将军真是好武功啊!和我一同前往佳山寨吧,在那里,将军可以大显身手,建功立业!"岳胜一听,满心欢喜,慌忙拜谢六郎。

第二天,六郎辞别杨老夫人,带兵向佳山寨进发。此时正是二月初春的天气,风和日暖,万物萌发,一派新生的气息。六郎等人一路行进顺利,很快就到了佳山寨。原来的驻军听说杨延昭带兵来山寨驻守,非常高兴,都到山寨之外迎接。进入大帐,六郎对大家说:"辽国一直对大宋贼心不死,企图称霸中原。佳山是通往幽州的咽喉要道,是军事要地,将士们一定要提高警惕,加紧操练兵马,严密把守关口,防止敌人进犯。如果有人违反军令,军法处置,绝不姑息!"众人都遵命退下,各自履行自己的职责。

第二天,岳胜带人走出山寨,察看周围地形。远远看去,只见对面一座高山,高耸巍峨,层林叠翠,景致相当不错。岳胜问道:"对面那座高山是什么地方?"手下有人答道:"将军还是不要问吧,说起来让人胆战心寒啊!"岳胜非常吃惊:"难道那里有什么飞禽猛兽?为什么如此令人恐惧?"手下士兵说道:"比猛兽

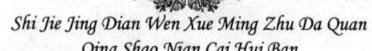

还要可怕上百倍！将军您看，沿着那条山路往前走，过了前面的转弯，有一个胡林洞，胡林洞旁边有个可乐洞，可乐洞中有一个寨主，姓孟名良，本是邓州人。孟良勇猛异常，手中使一把大锁斧，没有人是他的对手。他手下有几百人，专门打劫财物钱粮。附近的人没有人不知道孟良，一听到他的名字就胆战心惊！"岳胜得知此事，回到寨中，就去拜见六郎，把孟良的情况向六郎说明。六郎说道："我很早就听说此地有个勇士叫孟良，勇猛无比。如果能让他归附我们，为朝廷做事，我们岂不是如虎添翼！"岳胜说："将军既然想要让他归附，那就让小将先去可乐洞打探一下，然后再定计擒拿他。"六郎一听有理，就同意了。

岳胜单人匹马来到可乐洞，他把马拴在洞外，自己手持短刀进入洞中，大喝一声。孟良的手下正在洞中赌钱，听到声音全都大吃一惊。岳胜没等他们反应过来，就手持短刀杀死了几个小贼。其他人一看岳胜如此勇猛，一时间惊慌失措，吓得四散奔逃。岳胜心想："要让孟良找自己报仇，得让他知道到哪里去找。"于是就在洞内墙壁上写下血书："寨前列枪刀，洞口布旗帜；杀了你家人，便是杨六使。"写完之后，就骑马回佳山寨去了。

孟良回到洞中，见十几个手下被杀死，大吃一惊："谁有这么大的胆量敢在我的地盘行凶？"手下人赶紧报告说："有一个少年军人，勇猛无比，连杀几个弟兄。还在墙上留了字。"孟良一看，便知道是杨六郎的手下，于是说道："早就听说杨家将勇猛善战，我一定要会会杨六郎，为我的弟兄报仇！"

岳胜回到寨中见杨六郎，把自己杀死孟良部下，并在墙上留下血书的情况详细汇报给六郎。六郎说："孟良一定会回来报仇，你们需要严加防备。"话音未落，就有人来报："孟良在外面讨战。"六郎于是带领两千人，来到山寨之外。远远的就看见一员猛将，只见他生得眉浓眼大，虎背熊腰，正是孟良。孟良一见杨六郎就非常生气，说道："我在此处占山为王，与你无冤无仇，你为何派人杀死

我的部下?"六郎看孟良是个勇猛之将,非常喜爱他,于是说道:"看将军相貌堂堂,为什么要做强盗呢?不如归降朝廷,和我一同镇守边疆,留名于后世,不比将军做草寇强似百倍吗?"孟良冷笑一声,说道:"你们杨家父子八人,为宋朝尽忠尽力,到头来还不是做了无头之鬼?要我投降也可以,你先胜了我手里的这把斧子!要是你打不赢我,那我就把你捉回山洞,为我的兄弟们报仇!"说着举起大斧,直冲六郎冲了过来。六郎大怒:"你这个蛮人野夫,竟然侮辱本官!"说着举银枪冲向孟良,二人打在一处。打了四十多个回合,未分胜负。六郎有意活捉孟良,就假装战败,回马就走,孟良拍马就追。岳胜骑马冲出,拦住孟良,二人打在一起。六郎趁此机会拉弓搭箭,射向孟良的战马。战马中箭跌倒在地,孟良没有防备,一下子就被摔在地上。六郎部下一起冲上来,把他抓住了。

六郎回到寨中,命人把孟良押上来。六郎对孟良说:"我已经把你抓住了,你还是归顺我吧!"孟良不服,说道:"你并没有打败我呀!你用暗箭伤了我的马,我才被你抓住。我不会投降的!"六郎笑着说:"那好,你既然不服,我就放你回去。你可以再来较量!"孟良说:"你要是真的放了我,我回去一定重整人马,再来作战。你要是再抓住我,我就投降!"六郎说道:"你只管走吧,就算你是上天入地,我也一样会抓住你!"说着命人给孟良松绑,放他回去了。

孟良走后,岳胜对六郎说:"孟良是山贼的首领,我们好不容易才抓住他,将军为什么轻易就放他走呢?"六郎说:"孟良武艺高强,确实是个豪杰。如今英雄难得,我想收他为将。但是这个人生性不羁,我得要他心服口服才行。你不用担心,过不了多久,我就能生擒活捉他!"

岳胜说:"孟良回去,肯定会重整旗鼓再来攻打,不知将军有什么好办法生擒他?"六郎说:"我看这孟良,虽然勇猛异常,但是智谋不足。我有一个计策,一定可行。在佳山的南面大约五里的地方,地势险峻,到处都是峻岩峭壁,根本无路可走。你带领两千人马,在那里埋伏。敌人一旦进入那一地带,你立即带人阻断他们的退路。"岳胜领命带兵而去。六郎又吩咐几个健壮的士兵,让他们假扮成樵夫的样子。如果有人问路,就按六郎所说去做。士兵领命而去。

六郎分派完毕,有人来报:"孟良带兵在寨前讨战。"六郎披挂上马,出寨迎战。六郎和孟良打了几个回合,拨马就往山路上跑。孟良一见,心想:"故伎重演,拿我当三岁小孩了!难道说还要用暗箭射我?"随即催动战马追了过去。六郎边打边退,引着孟良来到了山谷之处。六郎假装狼狈而逃,丢掉头盔,扔下战马,徒步前行。孟良追到此处,一看前面道路已经不能骑马,他性如烈火,心想:"我看你还往哪里逃!"随即也扔下战马,手持大斧,徒步追了过去。

转过山坳,六郎一下子不见了。孟良大惊,知道自己又中计了,连忙往回跑。忽然间山后一阵鼓声响起,埋伏在那里的岳胜带领一队人马,把住谷口,断绝了孟良的归路。孟良只得向前行进,沿着小路逃走。走着走着,就看见山岩之上有几个樵夫模样的人。孟良上前问樵夫:"这里还有没有道路可以通到山谷之外?"樵夫说:"岩上有条小路,可以通往胡材涧。"孟良说:"你们救我出去吧,我一定会重金酬谢你们!"樵夫说道:"我们倒是有个办法救你,就怕你不同意啊!"孟良说:"只要你们能救我,什么办法都行!"樵夫拿出一条绳子,把绳子的一头扔给孟良,说道:"将军请把绳子系在腰上,我们兄弟几人拉你上来。"孟良心想:"情况紧急,我还是先逃出去再说。"于是,拿过绳子,在自己的腰间系紧。几个樵夫一同用力往上拉孟良。拉到一半的时候,突然停止了,只见樵夫把绳子的另一端系在了树上。孟良不知原委,大声问道:"为什么不往上拉了?"樵夫说道:"我们几个人的力量不够了,再去找几个人过来拉你!"说着就离开了。

孟良被吊在半空之中,不能上也不能下,心中正在惊疑之时,杨六郎和岳胜

带兵来到岩上。六郎冲孟良高声说道:"我这次在天上捉到你,你服不服啊?"孟良知道中计,大声喊道:"你这是用诡计算计我,你根本就没有打败我,我不服!反正被你抓住,要杀就杀,我不会投降!"六郎问道:"那你要怎样才会服气?"孟良说道:"我要和你在战场上交锋,如果你在战场上抓到了我,我也就死心了,就同意归降你。"杨六郎说:"在天上捉到你,你不服,那好,我这次还要放你回去。下次我要在地下捉你。那时候你就不要再反悔了!"随即命令手下放下孟良,让他回去。

杨六郎和岳胜带领人马回到寨中,商议擒拿孟良的计策。六郎说:"孟良已经被我连续两次擒获,一定不敢带兵再来讨战。我想他一定会在晚上偷偷来劫寨。这次我还要活捉他,看他还有什么话说?"岳胜有些担心,说道:"将军的奇谋妙计,不是常人能比得上的。只是我担心,如果孟良不来劫寨,我们有怎样才能把他生擒?"六郎笑着说道:"放心吧,他今晚一定回来!"于是命令手下人在自己的帐前挖了一个大坑,这个坑深接近两米,坑上面用木头铺好,看上去就像平地一样。六郎命令士兵远远地埋伏起来,只留下八九个人藏在自己的帐前。只等孟良中计,生擒活捉他。

一切安排妥当。这天晚上,杨六郎独自坐在大帐之中,在烛光之下读书。将近二更的时候,孟良果然带人来到佳山寨。孟良派人前去打探寨内情况,得知寨中士兵都已经休息了,心中不禁暗喜:"两次被杨六郎活捉,真是耻辱。今晚终于可以报仇雪耻了!"孟良带人来到大寨之外,让手下留在寨外等候接应,自己一人骑马杀入,来到六郎的帐前,见六郎伏在书案上睡着了,旁边一个人都没有。孟良不禁大喜,大喝一声:"杨六郎,你的死期到了!"手提巨斧冲了过去。只听一声大叫,孟良连人带马,掉入六郎帐前的大坑之中。早已埋伏好的士兵出来把孟良抓住了。孟良带来的两千多人,也被六郎的手下全部抓住。

六郎手下士兵把孟良押上来,六郎对孟良说:"我看你的见识也逃不出我的预料,我还放你回去,你可以再召集人马来战。"孟良说道,"我虽然是个山贼,但是也懂得礼仪。将军神机妙算,比我高出不知多少倍!我心服口服,情愿全力侍奉将军,再也不会三心二意!"六郎非常高兴,说道:"日后,你一定能够建立功勋,成就功业!"

第二天一早,孟良回到自己的山寨,召集自己的部下刘超、张盖、管泊、关钧、王滇、孟得、林铁枪、宋铁棒、丘珍、丘谦、陈雄、谢勇、姚铁旗、董铁鼓、郎千、郎万等共一十六员头目,都来归顺六郎。杨六郎在寨中摆设宴席,大家一起欢庆畅饮。

大家饮酒正在兴头的时候,孟良对杨六郎说:"将军足智多谋,英勇善战,而且还爱慕贤才,您才是真英雄啊!离这里六十里,有一座芭蕉山,那里地势极其险恶。芭蕉山有一伙贼人,专门打家劫舍,放火烧杀,官军也拿他们没有办法。为首的山贼姓焦名赞,是鸦州三元县人。那焦赞长得面如赤土,眼若铜铃,四肢青筋突起,遍身都是肌肉。手中使一柄浑铁锤,无人能敌啊!将军如果能让这个人归降,我们的力量就更壮了!"六郎一听,非常高兴,说道:"我亲自去招降他!"孟良说:"焦赞这个人可是生性顽劣,将军独自前去恐怕有危险,还是带领军队前去。"六郎说道:"我以诚待人,诚信招他来作将军,带兵去恐怕有失诚意。"大家继续畅饮,尽欢而散。

第二天一大早。杨六郎命岳胜等人守住山寨,自己独自一人,骑马来到芭蕉山。快到山隘的时候,就看见隘口坐着一个人,表情很古怪,看装束像个樵夫。杨六郎走上前问道:"这里可是芭蕉山?"那人站起身来,说道:"这里就是芭蕉山。你是什么人?到这里来做什么?"六郎说:"我姓杨,命延昭,是杨令公六子。最近我被朝廷派到佳山寨,做了佳山寨的巡检。听说这里有个大王叫焦赞,勇

力无双,我特地赶到这里,招他到佳山做将军,为朝廷效力。"那个人一听说要找焦赞,就说道:"我就认识焦赞,可以带你去见他。你随我来吧!"六郎一听很高兴,就随他一起进入山中。一路上只见石壁林立,山峰巍峨,灌木丛杂,山路难行。快要走到洞门口时,那人对六郎说道:"你先在这里等候,我进去通报一下。"六郎停下等候,那人进入洞中。不一会儿,洞中走出几个小山贼,把六郎用绳子捆绑起来,捉进洞里。

杨六郎进到洞里,抬头一看,见上面坐着一个人,正是刚才那个引路的人。那人大笑,说道:"我就是焦赞。我没有请你来,是你自己送上门来找死,我可就不客气了!你临死之前还有什么话说吗?"六郎说道:"我杨六郎本以为将军是个英雄,才诚心诚意来邀请。没想到,大名鼎鼎的焦赞也不过就是一个草莽匹夫!"焦赞冷笑一声说道:"落在我的手里,就要剖肝挖心!多少好汉死在我的手下,还怕多你一个不成!"说着,就命令部下把六郎吊起来,亲自拿起刀来,就要挖开胸膛。杨六郎凛然不惧,厉声说道:"大丈夫视死如归,任凭你怎样处置!"焦赞见杨六郎丝毫没有恐惧之色,心中不免佩服:"早就听说杨家将都是人中之杰,今日一见,果真是名不虚传。杨六郎敢单身一人到我的芭蕉山,可见他胆识过人啊!况且看他确实没有半点虚情,诚心待我,杀掉这样的忠义之士,实在是不义之举。"孟良正在内心思量,忽然看见六郎头顶上冒出一股黑气,黑气中出现了一只白额巨虎,冲着孟良咆哮而来。孟良不禁一惊,心想:"看这杨六郎的气势非同凡人,原来真是神将啊!"马上命令手下把六郎放下来,自己亲自为他松绑,随即拜倒在六郎面前,说道:"小将情愿归顺将军!不知将军神武,得罪将军,还请见谅。"六郎说道:"将军如果归顺,我一定会向朝廷奏明,申请赐给你官职,比将军在这里做贼寇强上百倍!"

焦赞非常高兴,命令手下都来拜见六郎。于是大家设宴畅饮。正在这时,忽然听到洞外一阵喊声,鼓声震天。有人来报:"外面有官军来到。"六郎出来一看,原来是岳胜、孟良担心六郎有危险,带人杀来。二人一见六郎,赶紧下马拜见。六郎告诉大家焦赞已经归附,大家都很高兴,一起来到洞内,欢庆畅饮。

杨六郎连收三员猛将,势力大增,后人有诗描绘当时盛况:

英雄天下竞角逐,豪杰一时总归附。

三关军马士气壮,威震辽军盛名扬。

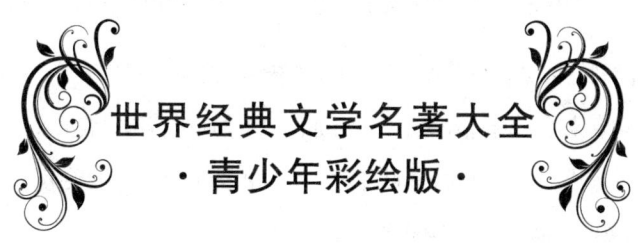

第十五回
勇孟良报恩情智盗良驹

杨六郎一连收服三员大将,派人奏明真宗皇帝,请求朝廷给三位将领封赏。真宗获知消息,非常高兴,随即传旨,加封杨延昭为镇抚三关都指挥正使,岳胜、孟良、焦赞以下一十八员一并授予指挥副使的职务。杨六郎又派人到胜山寨,把自己当年的旧部陈林、柴敢招来。此时,佳山寨真是豪杰云集,兵马强盛,威震边关。杨六郎又在寨前扯起杨家大旗,辽人畏惧不敢有所行动,此后很长一段时间,宋辽边境没有战事。

这一天,正值中秋佳节,杨六郎与众位将领在寨中赏月饮酒。当晚月明如

镜,四周山色在月光之下更显幽静奇幻。前人有《念奴娇》一词描绘当时美景:

凭高眺远,见长空万里,云无留迹。桂魄飞来光射处,冷浸一天秋碧。玉宇琼楼,乘鸾来去,人在清凉国。江山如画,望中烟树历历。我醉拍手狂歌,举杯邀月,对形成三客。起舞徘徊风露中,今夕不知何夕。便欲乘风,翩然归去,何用骑鹏翼?水晶宫里,一声吹断横笛。

这一首《念奴娇》真是绘出了当时美景,写尽了离人心境。六郎与众人喝酒正在兴头,不禁睹月思人,想起陈年往事,自然是感慨万千。六郎说:"我们杨家父子八人,自从归顺大宋之后,征战沙场,与辽国结下冤仇。瓜州之战,我父亲杨令公战死在胡原谷。当时情况危急,仓促间我把他埋葬在李陵碑下。后来,很多次都想派人把他的尸骨取回安葬,也可以尽一点我的孝心。只是一直没有心腹之人替我前往,完成这个心愿啊!"说着六郎不禁流下泪来。岳胜说道:"将军的这番心意,确实是最诚挚的孝心。只是当前那里还是辽兵地界,四下里都是敌军,我们很难取回老令公的遗骨。不妨再等些日子,我们慢慢商议对策。"六郎泪流满面,愀然退场。

第二天一早,大家发现孟良不见了,赶紧报告六郎。六郎大惊:"昨晚宴席上还在,一夜之间怎么就不见了?"岳胜说道:"孟良终究是山贼出身,莫非他贼性不改,又逃奔别处去了?"六郎说:"我看孟良不是那种人。他虽然性格粗莽,但是志如金石,他不会私自逃奔他处的。"大家都猜疑不定,六郎不知孟良下落,心中也是闷闷不畅。

原来中秋赏月之夜,孟良听到六郎在酒席宴上的一席话,不免心中触动:"杨将军对我们恩宠有加,如今要人出力,在座的却没有一个人敢担此重任。将军对我有三次不杀之恩,我应该趁此机会报答他。"于是决定连夜悄悄出寨,秘

密前往胡原谷,把杨令公的尸骨取回,以此解除杨六郎之忧,来报答他对自己的恩情。

当夜酒宴散后,孟良趁深夜无人知晓之时,偷偷逃出营寨。他化装成樵夫,来到胡原谷,找寻令公遗骨,却没有丝毫痕迹。孟良正在疑惑之时,恰好遇到一个年老的辽人经过。孟良赶紧上前,用辽人语言问道:"听说此处埋着宋人杨令公的尸骨,可是真的吗?"那辽人答道:"杨令公的尸骨确实曾经埋在这里,只不过一个月前,幽州的萧太后命人把尸骨挖出,迁到红羊洞去了。"孟良一听,心想:"我没有拿到尸骨就这样回去,岂不是劳而无功?不如我先到幽州,再想办法取回遗骨。"于是,孟良化装成辽人,直奔幽州而去。

走了几日之后,已经临近幽州地界。孟良正在考虑如何进城,刚好遇到一个渔夫。孟良问那渔夫:"您今日要进城吗?"渔夫说道:"当然要进城了!明天是八月二十四日,正是萧太后的生日,我们要在明日一大早进献鲜鱼为太后贺寿。"孟良听了,心中大喜:"真是天助我也!"孟良趁渔夫不注意,从后面一刀将他杀死。然后自己迅速换上渔夫的衣服,装好渔夫的进城令牌,手提鲜鱼来到城门。守城士兵听孟良说是送鱼贺寿的,又检查了他的令牌,就放他进城了。

第二天一早,萧太后上朝,文武百官上朝贺寿。贺寿完毕,有人向太后报告说:"太后娘娘,有一个黄河渔户前来进献鲜鱼,为您祝寿。"萧太后传旨,让渔户进殿献鱼。孟良献上鲜鱼,太后看了看鲜鱼,说道:"这鱼比往年的要小,鱼鳞也不新鲜,你怎么敢把这样的鱼进献给我?"孟良说道:"臣往年进献的虽然个头较大,但是都不如这种鱼味美。这种鱼非常难以捞取,是我近日用渔网在河中捞到的,这几天养在水池里,因为天气突然转热,它的色泽才显得不新鲜。其实这鱼的味道和一般的鱼大不相同,太后只要尝一尝,就知道了。"太后听了很高兴,笑着说道:"你说得很有道理,你先退下,等候赏赐。"孟良拜谢而退。于是,萧太后命人摆下酒宴，赏赐满朝文武。宫中歌舞欢宴，丝竹和鸣，君臣尽欢而饮。宴会深夜才散。

第二天一早，群臣上朝拜谢太后。有人来报说："西凉国进贡宋朝一匹良马，叫做骈骊马。路过幽州地界，被我们辽军抢了过来，献给太后。"萧太后命人把马牵来，一看，果真是一匹难得的骏马。只见它身高有六尺，长着一双碧绿色的眼睛，身上是青色的鬃毛，略略卷起的鬃毛还泛着红色的花纹。真是一匹健壮俊美的良驹啊！萧太后非常喜爱这匹骏马，命人好生照看，用心喂养。

孟良听说了这件事，就偷偷地来到马厩。一看到那匹宝马，心中称羡不已。孟良心想："这匹马本来就是要进献给我们大宋朝的，没想到被辽人抢来。我先把令公尸骨找到，再来考虑偷走这匹马。"

孟良先找到红羊洞，见平旷之处有一个土丘，旁边有一个并不显眼的牌子，写着"令公冢"三个字。孟良知道令公遗骨就在此处。等到天黑，孟良挖开土丘，打开装有尸骨的石棺，取出尸骨，装到自己随身带着的包袱里包好，赶紧走出红羊洞。谁知刚走出洞，就被辽人抓住。辽人翻出他的包裹，问道："你是什么人，到这里来做偷棺盗墓的勾当，一定是宋人的奸细！"孟良假装哭泣，说道："小人是渔夫，名叫矮张，不是宋人奸细。昨天我和父亲来幽州给太后进献鲜鱼，承蒙太后关照，赏赐我们父子酒宴。我父亲见是太后赏赐的御酒，就多喝了几杯，没想到竟然醉死了！我回去路途遥远，只怕尸体腐烂，只好将尸体火化，只带着骸骨回去安葬。如果是什么奸细，哪里敢到这里来找死？"一边说着，一边哭得更加伤心。辽人信以为真，于是就放了他。

孟良脱身之后，赶紧来到住处，把令公遗骨藏好。第二天，他带着毒药又来到马厩。看见辽人正在煮豆喂马，孟良也装作辽人，走进马槽，趁人不注意时，

把毒药洒在马槽,然后就离开了。那宝马吃了毒药,就不想吃任何食物了。负责喂养这匹马的士兵赶紧报告长官,长官害怕宝马有什么闪失,自己担当不起罪责,赶紧上报了萧太后。萧太后很生气,说道:"一定是你们喂养不善。"负责的官员慌忙说道:"陛下息怒。这种外来的宝马本来就不好喂养,既然它不吃东西,一定是生病了。陛下不如传下圣旨,招募能够治好这匹马的良医,如果能够治好这匹宝马,岂不是皆大欢喜?"萧太后觉得有道理,就下令贴出榜文招募善于给马治病的良医。

孟良看到消息,赶紧来到贴榜之处,揭去榜文。守军就把孟良带到萧太后面前。萧太后问道:"你是什么人?能医治那匹宝马的病?"孟良说道:"臣就是前日给您进献鲜鱼的人,我也懂得医马。我保证过不了两天,就能让那匹宝马恢复健康。"萧太后说:"你要是能把马的病治好了,我就重重地封赏你!"

孟良拜谢而退,来到马厩看视马的病情。孟良细细地观察了一番,说道:"这匹马中毒很深,应当先治标,再治本。"负责的官员同意孟良的说法。原来孟良喂给马的毒药只是一种麻药,马一旦吃了,就不愿开口吃东西。孟良给马把麻药洗去,然后洒下香豆,那马立即就把香豆吃完。只过了一晚上,那马就恢复如初了。

负责的官员马下报告给萧太后,太后非常高兴,随即宣孟良进殿。萧太后对孟良说:"宝马恢复健康,都是你的功劳啊!燕州缺少一个总管,就由你来担任吧!"孟良谢恩,心中暗想:"我并不想做什么总管,只是想得到这匹宝马,才耽搁了好几天。"随即心生一计,于是就对萧太后说:"感谢陛下厚爱。此马的病只是刚刚好一点,它的血脉还未稳固,如果不及时调养,恐怕还会复发,那时就很难医治了。不如让臣把这匹马带上,一起前往燕州上任。我再继续调养它几日,直到它完全康复,不会复发。"太后说:"你说得有理。"于是命孟良带上宝马前往燕州。

孟良得旨，拜谢退出。回到住处，取出令公遗骨，骑上宝马跑出幽州城，连夜赶往佳山寨。后人有诗说得好：

本为忠义报主恩，壮士虎胆赴敌巢。

令公遗骸巧取还，骓骊良驹载将归！

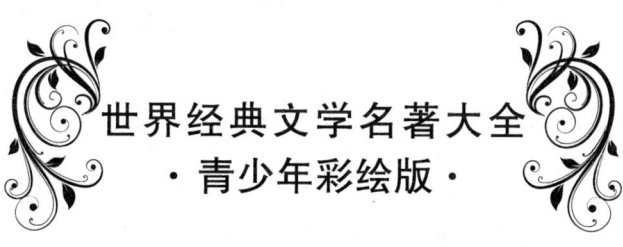

第十六回

杨五郎救六弟大破辽兵

辽国巡逻的骑兵把孟良逃走的消息报告萧太后,太后大惊,心知中计,随即命令萧天佑率领五千骑兵火速追赶。萧天佑得旨,率领骑兵快马急追,只见得卷起尘土漫天。

孟良出幽州城骑马狂奔二百里,看看前面已经距离宋朝边关不远,心中不免稍稍松了一口气。回头向后望了望,没想到却看到不远处,旌旗蔽日,漫天黄沙席卷而来,知道一定是辽人发觉,带兵追来。孟良赶紧跑进关口,早有哨兵认出孟良,跑到寨中报告六郎。六郎得知情况,赶紧派岳胜、焦赞领兵接应。岳胜带兵刚刚冲出来,就看见孟良汗流满面跑来。岳胜说道:"你先回寨,我来挡住敌兵。"

岳胜刚刚排好阵势,辽军骑兵就赶到阵前。萧天佑挺枪跃马冲上前来,高声骂道:"那贼人偷了我们大辽的骓骊宝马,赶紧送还给我,就饶了你的性命,不然的话,我萧天佑就带兵踏平你的关口,烧光你的大寨,寸草不留!"岳胜一听,辽人好大的口气,舞刀跃马杀向萧天佑。

二人打了四十多个回合,焦赞带兵趁机从敌军后边攻打。辽军腹背受敌,阵脚大乱,萧天佑连忙带兵撤回。宋军乘势追杀,辽军死伤无数,战败而逃。

六郎见到孟良,问他为何事私自到幽州。孟良就把取回杨令公尸骨的经过详细报告六郎。六郎一听,悲喜交加,拜谢孟良,说道:"将军帮我取回父亲骸骨,真是我的大恩人啊!我要报告我的老母亲知道,安葬我的父亲。这匹宝马,献给皇上,我要向皇上为你请功!"

真宗得到骓骊宝马,非常高兴,对群臣说道:"延昭刚刚镇守三关,就为朝廷收复三员大将;现在又夺得宝马,真是功劳不小啊!朕要重赏他!"八王说道:"杨延昭忠诚为国,陛下确实应该重赏。"真宗随即赏赐六郎,派人送往佳山。

忽然有人来报,辽兵大队人马攻打澶州。真宗问群臣:"辽兵进犯我边界,谁来带兵迎敌?"八王说道:"澶州靠近三关,如果派杨延昭率兵前往,一定能够打退敌兵。"真宗于是下令,命杨六郎带兵前往澶州抵御辽兵。

杨六郎领旨,召集众将说道:"辽兵进攻澶州,朝廷命令我们前去御敌。众位将军应当全力向前,为国杀敌!"孟良说道:"这次辽军进犯,全是因为我而引起的,我请求带兵迎战敌军!"六郎说:"萧天佑是辽国名将,不容轻视。你带兵先行,我率众将接应。"孟良领兵离去。六郎又对岳胜说:"你带领一千骑兵出关,

等到我们双方打到乏力之时,你就带兵冲击。"岳胜领命而去。杨六郎自己亲自率领二千骑兵,随后接应。

双方军队在平川旷野之处,排开阵势。孟良披挂整齐,手持大斧骑马立于阵前。孟良高声叫道:"辽贼如果不赶紧退去,就叫你们丧命于此!"萧天佑大怒,骂道:"偷马之贼!你敢再来打一番吗?"随即举枪直奔孟良刺去,孟良举斧迎战。双方士兵各自为自己的将领呐喊助威。

二人打了三十多个回合,不分胜负。辽将耶律第骑马提刀冲出来助战。忽然听到山后一阵鼓声,岳胜带领军队杀了过来。萧天佑力战孟良,岳胜与耶律第交锋,四员大将在战场中一场恶战。

萧天佑假装战败逃走,孟良紧追不舍,眼看就要追上,孟良举起大斧冲着萧天佑劈面砍去。眼看就要砍到萧天佑,忽然间,孟良看见萧天佑周围泛出金光,护住他的全身,斧子根本砍不到他。孟良大惊,拨马跑回。萧天佑再一次杀回来,宋军一下子就乱了阵脚,四散奔逃。岳胜和孟良一起退到关下,萧天佑看到前面杀气连天,知道前面有埋伏的军队,就不再追赶,收兵回营了。

孟良回到寨中见六郎,把今天作战时看到的奇怪现象告诉六郎。六郎非常不解,说道:"世上真的有这么奇怪的事情吗?我明天亲自上阵看看。"随即命令陈林、柴敢守住山寨;岳胜率领刘超、张盖等人先上阵作战;孟良、焦赞率领王琪、孟得等人分别从左右杀出。众将领命,只等第二天出战。

萧天佑回到军中,召集部下商议。萧天佑说:"孟良、岳胜,都是英勇的将领;他们的部下都是周围山寨的强徒,能争善斗。我们还是要以智取胜。离这里三十里地,有个双龙谷。那里山势险峻,只有一条小路可以通往雁岭,岭下就是幽州的领地了。我们要先派一个人带领步兵埋伏在那,只等宋军到那里,就出兵包围宋军。我想，不用半个月，就会困死他们。"耶律第说道："小将愿意带兵埋伏在那里。"萧天佑很高兴，随即命令耶律第带领二千步兵前往双龙谷埋伏。随后又命令黄威显率领一千骑兵，在雁岭之下多多地举起旗帜，只等宋军进入山谷，断绝他们的退路。

萧天佑布置妥当之后，有人来报："宋军在外面讨战。"萧天佑披挂上马，率领辽兵出战。对面宋军中岳胜首先出战，萧天佑和岳胜战在一处。两个人没有打上几个回合，孟良、焦赞从两侧冲出，大战萧天佑。萧天佑力战数将，假装战败逃走。六郎追上，用枪从旁边刺向萧天佑，却见金光四射，根本无法刺入。六郎非常疑惑。

岳胜、孟良等人带兵追赶而来，就要追到双龙谷口。六郎见山势险峻，停住说道："大家不要追了，看这里地形，恐怕敌人会在这里埋伏。"孟良说道："这个地方我很熟，山谷之中就是绝境，只有小路可以通向雁岭。那辽将不了解地形，跑到山谷里，我们正好可以抓住他。"六郎觉得有道理，就带人冲进谷中，却见谷中并没有辽军士兵。六郎大惊，说道："敌人在这里有埋伏，我们赶紧退兵！"话音刚落，山谷入口之处金鼓齐鸣，喊声冲天，耶律第带领伏兵杀出来，把宋军困在谷中。孟良、岳胜等人拼死来战，此时山上辽军扔下木头石块，宋兵受伤者不计其数。通往雁岭的小路，也已经被辽兵阻断。只见山后布满旌旗，看上去有千军万马，宋军不敢上前。

六郎和众将领被困在山谷之中，没有办法逃脱。焦赞说道："小将愿意带人冲出谷口，救将军出去。"六郎说："辽军太多，我们硬冲只能是让士兵损伤更多。还是暂时观望一下，等待时机，再杀出去。"岳胜说道："寨中并不知道我们被困在山谷之中，如果没有外援及时相救，我们没有粮食，辽兵趁我们疲乏无力之时杀进来，我们岂不是坐以待毙？还不如趁现在我们的人马还有力量，按焦赞说

的冲出去。"六郎说:"可以救援我们的人倒是有,离这不远是五台山,我的兄长杨五郎就在那里,如果有人能够前去报信,兄长一定前来相救。到时候,我们内外夹击,一定可以脱险。"孟良说道:"将军暂且在这里等候,我化装成辽兵,前去五台山寻求援兵。"六郎说道:"此番前去要万分小心,见了我的兄长,一定要求他速速前来!"

于是孟良脱下盔甲,假扮成辽人模样,辞别六郎,趁黑夜偷偷溜出雁岭。孟良走到岭外,向五台山飞奔而去。孟良来到寺中,见到杨五郎。孟良说:"小人姓孟名良,是杨巡检手下的将领,为朝廷镇守三关。近日我们跟随杨巡检与辽兵交战,没料到中了敌人的奸计,被困在双龙谷。此时外面没有援军接应,内部粮草将要用尽,内外交困,危在旦夕。特地派小人前来向您求助,请您速速前去救助!"五郎说道:"我已经皈依佛门,哪里还能够再上战场厮杀呢?况且我很久不练功习武了,武艺都已经荒废了,就算是到了战场也不会有什么帮助。你还是火速赶往汴京,求助于朝廷吧!"孟良说道:"汴京距离此地路途遥远,军情紧急,希望师傅能够念及与杨巡检的手足之情,出手相助。"

五郎沉吟片刻,说道:"好吧,看你对六郎忠诚,我就破戒前往吧!"于是带领寺中和尚五六百人,打起杨家旗号,离开了五台山,来到三关。

萧天佑得知杨五郎带兵前来救助杨六郎,赶紧召集众将商议。萧天佑说:"杨五郎带领救兵来到,此人异常勇猛,我们需要用计让他退兵。"耶律第说:"元帅有何妙计?"萧天佑说:"今天我们抓到了一个老百姓,长得很像杨六郎,我们不妨把他杀掉,把他的头颅挂在高杆之上。同时放出消息,就说杨六郎已被我们擒获,他的部下已经全军覆没。杨五郎一见杨六郎已死,就会退兵返回了。"耶律第说道:"这个计策很妙。"随即令人按计策行事。

五郎听说六郎被杀,头颅被挂在高杆之上,赶紧出关观看,果然看见辽军军营之外悬挂着一个人头,仔细辨认,确实酷似六郎。五郎顿时悲痛不已,本想自己带兵来救六弟,谁知六弟竟然已经被杀了,真是杨家的大不幸啊!孟良却并不相信,孟良对五郎说:"五将军不要过于悲伤,依小将看,此事非常可疑。当时我离开双龙谷的时候,杨将军部下还有很多人马,就算手下也已经被杀,不可能就没有一个人逃脱吧?"孟良决定再闯进双龙谷,探明情况。五郎觉得有道理,决定核实情况,再做决定。

这天夜里,月亮分外地明亮,窗外秋风吹动。杨五郎披衣走出帐外,抬头观望天上的星星,只见将星明亮,正照在双龙谷方向。五郎心中一下子就敞亮了,他知道六郎一定还活着,于是决定第二天一早就攻打辽军,救出六郎。

第二天,五郎假意命令撤兵,而是让部下全部化装成西番兵,绕道从辽国地界向辽兵进攻。萧天佑以为杨五郎中计,已经撤兵。突然有军队从幽州方向杀来,萧天佑没有防备,不知是何方部队,部下大乱。耶律第骑马冲出,迎面正好遇到五郎,两人交手不到两个回合,耶律第就被五郎劈死在马下。陈林、柴敢带兵前来接应,两军夹击,萧天佑不敢恋战,弃营逃走。

杨五郎骑马紧追不舍,萧天佑回马力战五郎。二人打了二十多个回合,五郎挥起利斧,朝萧天佑劈头砍下。谁知只见萧天佑周身金光闪动,五郎的斧子不能砍中他。五郎心想:"听师傅说,萧天佑是铜身铁骨,刀斧不能伤到他。师傅给我留下降龙咒语,我不妨念来试试。"于是五郎口中诵读降龙咒语,顿时狂风大作,飞沙走石,半空之中降下一个金甲神人,手拿降魔杵冲着萧天佑大喊:"忤逆的妖怪还不投降!"那萧天佑一下子就滚落下马,五郎上前一斧劈死在马下。一时间,狂风乍停,天地清明。

　　五郎杀退辽兵,杀进双龙谷。孟良听到山谷之外鼓声不绝,就带领士兵杀出,正好遇到辽将黄威显,一斧将他砍死。杨六郎乘势冲出来,与五郎合兵一处,杀得辽兵四散奔逃。

　　大家得胜归来,回到佳山寨中,六郎和哥哥畅叙兄弟之情。第二天,五郎就告辞佳山众将领,回五台山去了。

第十七回

王枢密设奸计陷害杨家

　　杨六郎在边关战胜萧天佑的消息传到汴京,真宗非常高兴,传令赏赐佳山寨的将士们。随即派使者前往佳山寨犒劳三军。当天退朝之后,王钦回到府中,心中郁闷。他心中暗自思量:"杨家将确实英勇无比,宋朝有杨家的英雄,我们大辽国何时才能够一统中原啊?得想办法除掉杨家!"这王钦一时也想不出好办法,就请副枢密使谢金吾来府中商议。谢金吾也是朝中重臣,为人狡诈贪财。看杨家将屡建奇功,得到皇帝赏识,很是愤愤不平,平日里总是和王钦背地里诋毁杨家。谢金吾应邀来到王钦府上,拜见王钦,说道:"不知枢密使大人召见

下官,有何教诲?"王钦长叹一声,说道:"谢副使有所不知啊!承蒙皇上恩宠于我,可是八王却心怀不平,屡屡找我的麻烦。前几天,我因为有公务路过无佞府,走到滴水天波楼前的时候,来不及下马,竟然被杨家羞辱了一番,弄得我好没面子。我心中不平,就向皇上奏明,谁知又被八王得知,又对我好一番羞辱。唉!我也是堂堂的朝廷命官,却总是要受这种无端的羞辱,还不如辞官归乡,从此闭门不出,也省得生出这样的烦恼!"

谢金吾一听,说道:"这杨家靠着有几分战功得到先帝的恩宠,就横行霸道,耀武扬威。我们文武百官路过杨府门前都要下马,这虽然是先帝的遗命,但是他杨家也太过分了吧!不过王大人也不必如此消沉,你看现在朝中,先朝的老臣已经所剩无几,只有包括我在内的几个人而已。八王殿下虽然权高位重,但是他并不管理政事。那杨家父子,早已都做了无头之鬼,杨家也只是剩了一门寡妇而已。先帝在位时,建起无佞府、天波楼,只是为了诱使杨家来归顺大宋。当今皇上,早已经不看重这无佞府、天波楼了。我明天就骑马从他们杨家门前走过,他们如果找我的麻烦,我就命令手下拆了他的天波楼!"

王钦见谢金吾中了自己的计策,心中暗自高兴,于是又说道:"谢副使还是不要和他们争这些吧!你如果要拆天波楼,那杨老夫人一定会闹到圣上那里。到时候,圣上给她做主,我们不过是自取其辱罢了。"谢金吾并不知道王钦是利用自己,说道:"王大人放心好了,下官自有办法。"王钦很高兴,于是命人摆上酒宴,二人饮酒密谋,很晚,谢金吾才离开。

第二天,谢金吾带领手下众人骑马从无佞府门前经过,走进天波楼时,谢金吾不但端坐在马上,还故意命令手下敲动金鼓,连连大声吆喝。杨老夫人听到府外鼓乐声响,人声喧沸,不知道是怎么回事。此时有人来禀报:"谢副使骑马吆喝部下从门前走过。"杨老夫人大怒,说道:"满朝文武,路过我杨府门前都要下马,谢金吾这个奸佞小人,不下马也就罢了,还故意大声喧哗,这是有意欺侮我们杨家啊!"老夫人冲定到皇帝那里讨小说法。

杨老夫人手拿先帝所赐龙杖来见真宗。真宗按礼节走下台阶来迎接老夫人。老夫人说:"我们杨家蒙受先帝的厚恩,才有今天的荣耀。先帝赐给杨家无佞府、天波楼,文武官员路过门前都要下马回避,这并不只是尊敬我们杨家,更是尊敬皇帝啊!可是谢金吾路过门前,不但不下马,还敲击鼓乐故意喧哗,这分明是对皇帝陛下不恭敬,是欺负我们杨家孤儿寡母啊!"

真宗随即召谢金吾入朝,真宗说:"当年先帝有遗旨,路过无佞府、天波楼门前要下马回避,你怎么能违抗呢?"谢金吾说道:"臣不敢轻视先帝遗旨,臣有实情上奏。前几天陛下命令赏赐杨巡检,臣带皇帝陛下的敕命到天波楼前,也下马经过。当时就觉得这样做是对皇帝敕命的不敬,反而有辱陛下。臣还没有来得及禀报陛下。而且臣认为,天波楼、无佞宅正好位于南北要道,如果遇到圣节朝贺的日子,陛下也要由此经过,在礼节上很是不便。不如拆毁天波楼,这样会省去许多不便。"真宗听了,沉默不语。王钦趁机说道:"谢副使所说,很有道理。"真宗说道:"你们先下去吧,朕再和文武百官商议一下再定。"杨老夫人只得愀然退出。

王钦私下里又多次劝说真宗,真宗同意拆毁天波楼,命谢金吾督办此事。圣旨一下,王钦、谢金吾不胜欢喜。杨老夫人与六郎夫人柴郡主商议,老夫人说:"如果真的拆掉天波楼,岂不是让死去的令公蒙受羞辱吗?"柴郡主说:"还是我到八王殿下那里求求情,也许八王能让皇上收回成命。"老夫人同意。

柴郡主来到八王府中,拜见八王。郡主说:"皇上听信谢金吾之言,要拆毁天波楼。这楼本是奉先帝之命为杨家所造,希望殿下能够看在杨家父子忠诚为

国,想办法让陛下改变主意。杨家一定会感激殿下恩德的!"八王说:"圣旨已经传达,就很难收回了。如今之计,只能是去求谢金吾先暂缓拆毁,宽容几日,等有机会,我再向圣上请求。"

柴郡主回到杨府,把情况告知老夫人。老夫人说:"现在也只能如此了。谢金吾本是贪财好利之人,我们多给他财宝,让他暂时不要来拆。"于是准备了黄金四十两,玉带一条,派人送到谢府去。

谢金吾看到杨家送来的礼物,果然心动,收下礼物,答应暂缓拆毁天波楼。杨老夫人暗自高兴,心想:"如果谢金吾肯放下此事,皇上肯定不再深究。"没想到,谢金吾收受杨家礼物一事早已经被王钦探知。王钦私下里极力劝说真宗,尽快拆毁天波楼。真宗随即命令谢金吾立即行动。谢金吾领旨,不敢怠慢,随即带人前往拆除。眼看着天波楼上层已被拆掉,杨老夫人忧闷不已。八王派人对老夫人说:"皇上很难改变主意,你们赶紧派人火速赶往三关和六郎商议,也许还有挽回的办法。"八娘说道:"母亲不必担忧,就按八王殿下的话做,到边关找六哥回来商议。不然的话,恐怕以后无佞府也很难保全。"老夫人说:"找六郎回来商议自然可以,只是这是机密之事,派谁去三关报信呢?"九妹说道:"女儿认识去三关的路,让女儿去吧!"老夫人同意九妹前往,说道:"你路上要多加小心,速去速回!"

九妹辞别母亲,前往三关而去。当时正是五月天气,一路上天气燥热,九妹并不歇息,走了不到一天,就来到佳山寨。九妹见到六郎,把情况向六郎说明。六郎一听,气愤不已:没想到自己一家为国尽忠,却还是遭到小人陷害。六郎有心遵从母命回京,但是自己身负皇命,镇守三关,责任重大。没有朝廷的诏书,私自回京就会有擅离职守之罪,真是进退两难!

九妹见哥哥犹豫不决，说道："母亲在家中等候，哥哥只需偷偷离开几天，一旦事情有了眉目，就马上回寨。"想到老母正在忧心等待，六郎决定私自回京。六郎吩咐岳胜说道："我家中有大事商量，母亲派九妹来叫我回京。我私自离开三关几天，事情解决之后立即回寨。你和孟良等人要谨守边境，遵守号令。焦赞要是问我去哪了，就告诉他说我到眉山打猎，不要向他透出半点风声。"岳胜领命。

当天夜里，六郎和九妹辞别岳胜、孟良，悄悄离开佳山寨，向汴京方向疾行而来。两个人走了大半夜，来到乌鸦林。忽然一个人跳出林外，拦住二人去路，说道："哈哈！我要和将军一起回汴京！"六郎一惊，细看竟然是焦赞，六郎说道："你不守好关寨，私自跑到这里做什么！"焦赞笑着说："将军不也是擅自离开三关吗？小人早就听说汴京城繁华热闹，我却从来没看到过，今天我要和将军一同到汴京看看！"六郎说："你真是要气死我了！我这次回京最怕别人知道，你性子急躁，到了京城，肯定会惹出麻烦。还是赶紧回山寨，我回来之后一定重重赏你！"焦赞说道："您要让我回去，我就先到京城，扬言说将军擅离三关，私自回京！"九妹说道："反正就他一个人，哥哥还是带他去吧！嘱咐好他不要惹是生非就行了。"六郎只好带上焦赞一起回到无佞府中。

杨老夫人一见六郎，便泪如雨下，说道："你们父子八人投奔大宋朝廷，为国征战沙场，你父亲和兄弟们都命丧疆场，如今只有你还在。先帝尊敬我杨家，建无佞府、天波楼赐予我们杨家。如今却被谢金吾欺负，要拆毁天波楼。恐怕不久无佞府也难以保全了！"六郎劝慰母亲说道："母亲不必过于忧虑。我们父子为国家立下如此大功，皇帝不会弃之不顾的！您等我找八王商量一下，一定能挽回局面的！"六郎随即安顿焦赞在偏房居住，嘱咐府中军士，对焦赞要严加看管，以防他出去惹出是非。

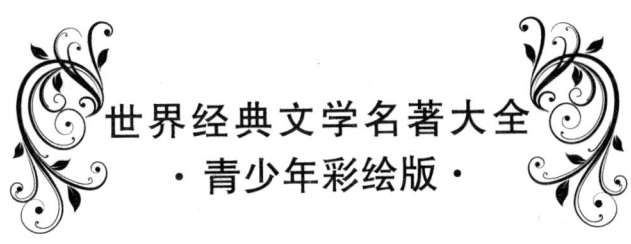

第十八回

鲁焦赞杀佞臣惹祸上身

这焦赞刚到杨府的时候，还算安生。没过几天，便坐卧不宁。焦赞就私下里和军士商量："我随将军来京城，就是要来看风景的。可是我已经来了好几天，都没上街去逛逛。早知这样，还不如不来。不如你们带我上街逛逛，我肯定多多地犒劳你们！"军士说："上街也可以，只是你是生面孔，恐怕被人识破，那时会连累六将军的。"焦赞说道："我自有办法，不会被人识破。"于是，几个军士就背着六郎，带着焦赞从后面出来，来到这汴京城的大街之上。

这汴京果然是繁华热闹，有人作《西江月》一首，形容当时盛景，很是绝妙。

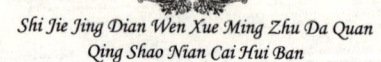

词中写道:

东南形胜,朱门十万人家。汴京自古最繁华,弦管高歌月夜。

市列珠玑锦绣,风流人物豪奢。菁葱云树绕堤沙,真是堪描堪画。

焦赞等人转过仁和门,来到繁华之地。只见车水马龙,人来人往。焦赞非常兴奋,不禁失口说道:"如果不是将军带我来汴京,我怎么能见到这样的好景致?"随行的军士大惊,小声说道:"你真是好大的胆子!这里是京城地面,便衣的密探到处都是!说话一定要小心,不然惹出祸来,谁来救我们?"焦赞满不在乎,笑着说:"我只是随便说说又有何妨?"

正说着,几人来到酒馆,焦赞就进到里面邀大家喝酒。眼看天色将晚,几个军士催促焦赞赶紧回去,焦赞此时已经喝得几分醉意,说道:"难得来到此处,我们在城里找个旅店住下,明日再回去也不迟。"军士怕他再生出是非,只得同意。

将近一更的时候,焦赞还没有安歇,与军士乘着月色闲走。走着走着,就走到了谢金吾的府门口。府中传出音乐,只听得乐音嘹亮,歌声袅袅,真是绕梁三日,不绝于耳。焦赞问道:"这是谁的府上,歌声如此美妙?"军士说道:"正是当朝宠臣谢副使的府上,一定是正在欢饮,歌舞未散。我们还是赶紧离开这里吧!六将军正是因为这位谢副使要拆毁滴水天波楼,才离开三关。"

焦赞本来不知道谢金吾为何人,听军士说是六郎的对头,一下子便怒火丛生,对军士说道:"你们在外边等候,我到府中察看一下就回来。"军士一听,吓得站都站不住了,赶紧劝他说道:"你要是惹出事来,我们肯定会被连累。还是赶紧回旅店睡觉,明天一早赶紧回府。"焦赞此时哪里还听得进去,径自从谢家后门而入。几个军士见他进了谢家,吓得赶紧奔逃。

　　焦赞绕过东墙，来到谢家后花园内。见谢金吾正在欢饮，随即冲向前去，大骂道："奸佞弄臣，认得你焦赞爷爷吗？"随即一刀砍死谢金吾。众人一见，吓得四散逃走，焦赞一并追上，杀了谢金吾全家。焦赞正要离开，忽然想到："谢金吾是朝廷重臣，现在他一家人都被我杀死，朝廷一旦查办，势必要连累他人。我不如留下文字，让人知道是我杀死他全家，免得连累他人。"于是在门上写下血书："天上有六丁六甲，地下有金神七煞。若问杀者是谁？来寻焦七焦八。"写完之后，就翻墙从后门出去了。第二天一大早，偷偷跑回杨府。

　　有巡逻的士兵得知谢府发生命案，赶紧报告给王钦。王钦带人来到谢府一看，只见一家老幼十三口都被杀死，惨不忍睹。王钦见门上血书，得知是焦赞所为，赶紧上报朝廷。一时间，轰动了整个京城。真宗得知消息，大惊，命令王钦查办此案。王钦上奏皇帝，说道："杀死谢金吾一家的是杨六郎新招的将领焦赞。"真宗说道："杨六郎在三关镇守，怎么会有部将来京城杀人？"王钦奏道："前几天杨六郎私自离开三关，带焦赞一同回到汴京。杨六郎擅离职守，带部下私自进京，杀死朝廷命官，违反了国家法律，请陛下下旨捉拿他们归案。"真宗随即下旨捉拿杨六郎和凶手焦赞。

　　此时，杨六郎正在府中和老夫人商议天波楼的事情。忽然有人来报："昨天夜里，焦赞翻墙进入谢府，杀死谢金吾全家。现在朝廷派四十个禁军来捉拿将军和焦赞。"六郎大惊，说道："这个狂妄的奴才，坏了我的大事！"话音未落，禁军一起闯了进来，抓住六郎。焦赞听到动静，手持钢刀杀了进来。禁军见他勇猛凶恶，不敢上前捉拿。六郎大声喝道："都是你惹出来的大祸，你还敢拒捕吗？好好地跟我一起去接受惩罚！"焦赞放下钢刀，跟随六郎来见真宗。

　　真宗一见六郎，问道："朕并没有下旨召你回京，为什么私自离开边寨？而且还纵容部下杀死谢副使一家，你该当何罪？"六郎说道："臣罪该万死。乞求陛下先不要杀我,容我陈述冤情。臣父子几人,有幸得到朝廷的赏识,陛下更是对我们恩宠有加。朝廷对我们杨家的恩德,我们就算是死也无法报答。近日,陛下下令拆毁天波楼,臣的母亲年高体弱,听到这个消息忧虑成疾,臣只得回府中探视,即刻就回。臣的部将焦赞是个凶顽之人,不知道他什么时候来到汴京。他杀死谢副使一家,并不是臣指使他干的。希望陛下明察!"

真宗听了六郎的一番话,沉吟不语。王钦赶紧说道:"杀人的确实是焦赞。当时谢家的仆人都亲眼目睹,况且他自己也留下了血书。请求陛下把杨六郎、焦赞押赴刑场处斩,以警示后人!"真宗迟疑不决。八王说道:"杨六郎确实有罪,可是他情有可原。如果真的是他的部下杀人,也应该念及他镇守三关有功,从轻处理。"真宗同意八王意见,随即命法司衙门给六郎定罪。

六郎等人退下之后,王钦秘密派人到法司官那里,要求把六郎发配到边远穷恶的地方做苦工。当时的掌刑官名叫黄玉,和王钦关系非常亲密,于是按照王钦的吩咐,把六郎发配到汝州做苦工,做满三年才能回来。焦赞因为有戍守边关的功劳,免掉死罪,发配到邓州充军。

六郎听到这个消息,心中非常难过。临行之时,六郎来辞别母亲。老夫人不禁流下泪来,说道:"我们杨家真是太不幸了,今后让我这老迈之人依靠何人啊?"六郎只得劝道:"母亲不要悲伤,天波楼的事八王会全力周旋的。最多也就二三年,我就可以回来了,那时候我再侍奉母亲。"这时,焦赞来见六郎,焦赞说道:"我不去邓州充什么军,我要和将军一同回三关寨,镇守边关。"六郎说道:"你杀了谢金吾,也算是为朝廷除了一害。现在圣旨已下,你只能到邓州去。也许什么时候能够获得赦免,那时候再回三关寨才行。不然的话,你违反法令,罪过就更重了!"

杨家将

杨六郎被军士押解,向汝州进发。当时正是初秋天气,凉风吹来,已有寒意。一路上只听得寒蝉凄切鸣声远,只见到天边孤雁影徘徊。六郎只觉得无限凄凉之意。

来到汝州,汝州太守张济看过押解六郎的公文,邀六郎相见。张济问道:"听说将军镇守三关,英雄盖世,辽人闻之丧胆。为什么又犯罪被发配到这里呢?"六郎说都:"一言难尽啊!"于是就把焦赞杀死谢金吾的事情告诉了张济。张济感叹不已,说道:"将军暂且在这里忍耐一下,城西,有个万安驿,那里监造官酒,将军就在那里监督造酒之事,有个一年半载,您就可以再回朝廷了。"六郎拜谢,辞别太守,前去督造官酒。

王钦听说杨六郎已经到了汝州,就来到黄玉府中,和他商议谋害六郎之计。黄玉说:"这件事并不难。现在朝廷很重视造酒业的税收。杨六郎那个监造的职务,关系最大。我们只需上奏皇上,就说杨六郎私卖官酒,皇上一定会下令处死他。"王钦大喜:"这个计策真是太妙了!"于是二人欢饮。

第二天,王钦就上奏真宗皇帝,弹劾杨延昭:"杨延昭轻视国法,到汝州还不到一个月,就放松了朝廷的卖酒禁令,自己还私自卖酒,想以此聚集资金,叛逃谋反。希望陛下把他处以死刑,免生后患。"真宗大怒:"杨延昭纵容部下杀死谢金吾一家,朕念及他的先人有功于朝廷,姑且免去他的死罪。现在竟然私卖官酒,朕难以再宽容他!"随即命令呼延赞到汝州传旨,斩杀杨延昭,带延昭人头回来。满朝文武全部惊愕不语,无人敢出面为六郎说情。八王赶紧说道:"陛下息怒。杨延昭本是忠诚之臣,哪里会做出这样的事?陛下不要听信一时之言,就诛杀英雄啊!"真宗说道:"王兄总是为杨延昭说情,他纵容部下杀死了朕的爱臣谢金吾一家,难道还不该判死罪吗?"八王一时无话可说,只得退下。

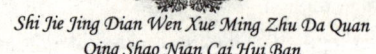

世界经典文学名著大全
·青少年彩绘版·

这天退朝之后，寇准对八王说："殿下不要担心，前去汝州执行的是呼延赞，我们就有办法了。可以让呼延赞同汝州太守商议，找一个长得貌似六郎的人来替代六郎，然后放六郎逃走，只等国难当头之时，我们再保奏他。"八王一听，非常高兴，就把这个计策告诉了呼延赞。呼延赞说："放心吧，殿下。这件事就交给老夫去办吧！"

呼延赞当日就辞别众人，带圣旨赶往汝州。呼延赞见到汝州太守张济，传达了皇上的旨意。太守大惊，说道："杨将军来到汝州还没有多长时间，哪里会有私卖官酒的事情？一定是奸人陷害。皇上怎么能轻信小人之言呢？"呼延赞说道："皇上非常生气，盛怒之下，无人能够为六郎说情。我们还是想办法来救六郎吧！"于是，把八王和寇准的计策告诉了张济。张济听了，说道："此计正合我意。眼下北方的辽国虎视眈眈，总在找机会进攻大宋，我们大宋没有杨将军是万万不可啊！"

太守找来狱官伍荣商议此事。伍荣说："牢中恰好有一个死刑犯，名叫蔡权，早就判处了死罪，只是尚未执行。他的面貌和杨将军极其相似，可以把他执行斩刑，然后把头颅献给圣上检验，圣上一定会信以为真。"张济命令伍荣带来蔡权，一看果然与六郎酷似。张济随即命令对蔡权执行死刑，斩下头颅交给呼延赞，呼延赞回去向皇上复命。杨六郎装扮成商人的模样，悄悄离开汝州，秘密回到无佞府。

呼延赞回到汴京，将头颅献给皇上。满朝文武无不掩面，都为六郎感到惋惜。真宗信以为真。八王赶紧上前说道："杨延昭已经伏法被诛杀了，还是请求陛下把他的头颅送还无佞府，让他的家人埋葬吧！"真宗应允。禁军带着头颅来到杨府，交给杨家。老夫人并不知道头颅是假的，以为六郎真的命丧黄泉，悲痛不已，全家一片哀悼之声，万分凄惨。

第十九回
宋真宗观奇瑞被困边城

　　杨六郎被斩杀的消息传到佳山寨,岳胜、孟良等人号啕大哭,整个山寨悲声震天。孟良说道:"既然杨将军已经遭遇不幸,我们也不必再守在这里了。不如各自散去,自寻出路吧!"岳胜说道:"我也有此意。"随即命令刘超、张盖,在山下为六郎建了一座庙宇,旁边雕塑了十八员指挥使的像,让大家每年都来此地祭奠六郎。随后,大家把寨中所储存的粮食、物品分给各部,就四散而去。陈林、柴敢率领自己的部下,又回到胜山寨占山为王;岳胜和孟良等人带人来到太行山,自立为天子。邓州的焦赞听说六郎被杀,悲痛不止,找了个机会就逃走了。

王钦见六郎已死,非常高兴。他心中暗想:"大宋朝廷中没了此人,我们大辽国一定能够攻占中原之广袤之地了。"于是写了一封密信,写明杨六郎已死,大宋朝中缺少良将的情况,派心腹连夜送到幽州,呈送给萧太后。萧太后看过密信,心中大喜,召来文武百官商议。萧天佐说道:"既然杨六郎已死,宋朝再无可以和我们抗衡的将领,我们不如趁此机会,进攻中原,灭掉大宋!"大将军师盖说:"杨家虽然无人了,但是中原之地幅员辽阔,宋朝镇守边关的将领拥兵几十万。如果我们贸然出兵,很难取胜。不如使用计策,让宋军首尾不能互相接应,一定能打败他们。"萧太后问道:"大将军有什么好计策?"师盖说:"魏州铜台是晋朝皇帝的陵墓所在地,那里是风景形胜之地。近来因为总是有战事发生,那里就凋零失修了。陛下可以派人到那里修整园林,开凿玉池,多多地种一些奇草名花。假称上天在那里降下祥端之气,池水都已变成美酒,树叶里都蕴含着甜浆。把消息散发到中原,然后再让王钦哄骗宋朝皇帝来此地游玩。我们就抓住机会派出强势兵力,把他们困死在这里。陛下您就可以率领精兵,乘虚直捣汴京城。那时候,宋朝国中无主,大宋的天下不是唾手可得吗?"萧太后一听,大喜,随即派人前去铜台修建景观。然后又写了密信告知王钦。

不到一个月,消息就传到了汴京。有大臣奏知皇上:"魏州天降奇瑞,池水都成美酒,树叶中都是琼浆。附近的百姓都到那里去饮用琼浆玉液。"真宗问群臣道:"听说魏州发生奇异之事,不知是真是假,朕应当去看个究竟。"寇准对此很怀疑,寇准说:"这种事很难断定真假,陛下不要轻信传言。"真宗未置可否。王钦见状,赶紧上前说道:"魏州有这样的奇瑞之事,实在是太平福运,千载难逢啊!陛下应当带领众臣亲自前往观看,一方面可以抚慰边境的百姓,另一方面还可以震慑辽人,使他们不敢南下。"

真宗听了王钦的话,正合心意,于是高兴地说:"你说得确实是忠言啊!"于

是下令前往魏州。八王说:"魏州所在之地与辽国接壤,现在正是我们和辽国交兵频繁的时期,陛下您的车驾一动,辽人如果乘虚而来,那时谁来保护京城呢?希望陛下以国家为重,不要轻信那些荒诞之事。"真宗不听,八王闷闷不乐,退出朝廷。

真宗皇帝命令呼延赞为保驾大将军,光州节度使王全节、郑州节度使李明为前后扈从。几天后,真宗车驾离开汴京,前往魏州。八王及文武官员,都跟随真宗车驾而行。大军一路行来,很快就来到了魏州地界。当时正是冬季,朔风吹起,寒气凛然。真宗车驾进入府中驻扎。第二天,真宗与群臣登上晋帝陵墓看景。果然看见林中树叶中包着什么东西,玉池中的泉水呈现出红润之色。真宗命手下人取出池水,尝了尝,那味道好像是酒,但是更像是水果汁;摘下树叶,展开一看,竟然是用小米汤伪造的琼浆。八王说道:"根本不是什么祥瑞之气,肯定是辽人伪造的,骗我们君臣来到此地。我们还是赶紧回去吧,免得中了辽人的圈套!"真宗也很怀疑,于是下令速速回京。

辽国早已得知宋朝君臣的动向,萧天佐、土金秀等率领十万人马,早已经把魏州城郭团团围住。真宗得知已经被包围,大惊失色,十分懊悔:"朕没有听从大家的劝阻,执意来此地,真是万万不该啊!现在大兵压境,我们已经陷入重围,这该如何是好?"八王说:"如此看来,辽人是早有预谋。他们长驱而至,正是士气高涨、势力强大的时候,我们不能硬闯。陛下先下令各位将军严守城门,然后派人连夜赶往汴京搬兵救援。"真宗于是命令呼延赞等各位将军严守城门。

守城宋兵站在城楼上向外观望,只见城外辽兵黑压压一片,就好像是乌云压境,声势极其浩大,不免心中恐惧。呼延赞见士兵面有惧色,心中暗想:"辽军来势凶猛,兵强马壮,我军如果被对方气势吓倒,必将不战而败。"于是呼延赞手按宝剑,厉声说道:"两国交兵,胜负并不取决于士兵的多少,而是取决于将军是否善战。我看辽军虽然人多势众,但是他们目的在于速战速决。我明天就和他们交锋,尽力而战,一定能够打败他们!"

　　第二天,呼延赞请求带兵出战,真宗应允,命令光州节度使王全节配合呼延赞作战。于是,呼延赞带兵出城迎战辽军。辽将土金秀力战呼延赞。两员大将交锋四十多个回合,土金秀力量不支,拨马就走。呼延赞带领军队杀了上去。土金秀见呼延赞追来,回首射出一箭,正好射中呼延赞的战马。战马随即倒地,呼延赞一下子就被掀翻在地。王全节赶紧上前营救,辽军已经将呼延赞包围,活捉回营。王全节见敌军强大,不敢再战,守军回城。萧天佐见宋军后退,乘势杀了过来,宋军死伤不计其数。王全节回城拜见真宗,奏明情况,真宗得知呼延赞被抓,忧愤不已。八王说道:"现在形势紧急,陛下赶紧派人到镇守边关的将领那里调取援兵。"真宗随即派使臣到边关搬兵。

　　辽军捉到呼延赞,就把他装入囚车中,准备派人押解到幽州。萧天佐、土金秀、耶律庆等几员大将分别带兵攻打魏州城郭的几个城门。城内宋军非常恐慌。八王说道:"辽人害怕的,只有杨家将。陛下可以命令勇猛强壮的士兵,假扮成杨六郎和他的部下,打起杨家旗号,在城头之上来回跑动。辽人看到,一定会害怕,如果他们退兵,我们就乘势杀出,也许可以逃脱。"

　　真宗于是下令选拔勇猛士兵,假扮成三关将帅,第二天天刚刚亮的时候,扯起杨家大旗。土金秀得到报告,非常吃惊:"杨六郎已经死了,怎么会来救驾?"此时只听得魏州方向金鼓齐鸣,炮声震天。土金秀于是出营来看,只见魏州城头之上,岳胜、孟良、焦赞等人,正在城头之上调遣军队。辽军士兵一见,不知虚实,齐声大叫:"快跑!不然,我们就死无葬身之地了!"萧天佐听说,立即带兵撤退。王全节和李明打开城门,带兵追击。辽兵只顾逃命,自相践踏,死者无数。宋军一直追出去几里地,才收兵回城。

王钦气得直跺脚,大骂辽人:"简直就是三岁的孩子,怎么就那么害怕杨家!"王钦秘密派人把实情报告给辽军元帅。萧天佐得知实情,长叹说道:"假的都怕成这样,要是真的来了,肯定是不战而败啊!"随即率领军队又包围了魏州,加强攻城之势。

城中士兵见辽兵又来攻打,赶紧报告真宗。真宗对八王说:"辽人已经识破我们,还有什么办法可以退兵?"八王说道:"现在朝廷那边音讯全无,谁有能抗击辽兵呢?没有杨家将,臣也没有办法了!"真宗想到自己当年执意杀死六郎,真是后悔莫及,说道:"当初不应该不听劝阻,杀死了六郎,现在后悔也来不及了啊!明日朕亲自率领众将迎战辽兵,突围出去!"八王说:"辽兵势力强大,陛下出战只能是白白地损伤自己的威风罢了!如今的万全之策,还是死守城池,等待援兵吧!"

辽军一连围困了二十多天,不断加紧攻城之势,援军却迟迟未到。城中的形势愈加危急。这一天,真宗亲自登上城楼观看。只见辽国的骑兵里三层,外三层,把个魏州城包围得水泄不通。真宗心中怅然,长叹一声,说道:"难道朕就要葬身于此了吗?我们大宋的基业就这样断送在我的手上?"八王看真宗伤心至极,趁机说道:"陛下不必过于伤心,依臣看,陛下可以逃脱这次劫难。"真宗摇了摇头,说道:"除非是六郎重生,延昭再世啊!"八王说道:"是啊,如果六郎在世,杀灭这些贼子,就如同滚汤泼雪一般啊!不过,六郎身犯重罪,就算是他还活着,也不敢来救陛下啊!"真宗说道:"朕已经知错,如果六郎在世,朕一定会赦免他的罪!"八王于是说道:"那陛下不妨传下命令,赦免六郎罪过。然后派人到天下寻找,也许能够找到他!"真宗听八王如此之说,心中不免一动,于是发出赦免六郎的命令,命王全节前往汝州寻找六郎。

第二天,王全节在李明的护送之下,杀出重围,直奔汝州而去。

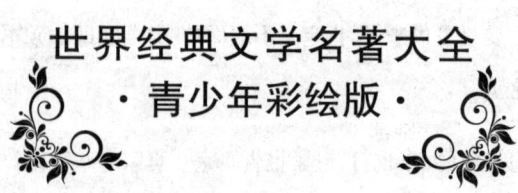

第二十回

杨六郎重出世召还旧部

王全节来到汝州,见到太守张济。王全节说:"圣上被辽兵困在魏州,情况危急。众臣保奏,赦免杨六郎的罪过,让他带兵救驾。我带有皇帝的赦文,希望太守赶紧帮我找到六郎。"太守张济说道:"六郎犯了死罪,头颅已经献到朝廷上,哪里还有什么杨六郎?让下官到哪里去找?节度使还是赶紧回去奏明皇上,省得误事!"王全节一听,非常失望,忧闷不已,说道:"我找不到杨六郎,皇上就不能得救,我也没办法回去复命啊!"张济说:"节度使大人一定要找到他的话,不如到无佞府去看看。我们汝州肯定是没有这个人。"

杨家将

王全节无奈,只得离开汝州,前往无佞府。全节来到杨府,见到杨老夫人,向她说明寻找六郎之意,并把皇上赦免六郎的文书拿给老夫人。老夫人掩面而哭,说道:"六郎已经获罪被杀,死去很久了,哪里还有什么六郎啊!大臣们举荐他,不过是为了安慰圣上,节度使大人还是赶紧奏明圣上,免得贻误军情!"全节闷闷不乐,只得杀回魏州城,向真宗复命。

全节拜见真宗,说道:"汝州并没有杨家将的消息,无佞府杨老夫人说,杨将军已经死去多时了。"真宗听了,不禁长叹,说道:"想我堂堂天朝大国,朕有难之时,竟然没有一个人可以相救!"群臣也无计可施。真宗十分忧郁,寝食不安。八王见此情景,对真宗说:"情况紧急,臣亲自前往无佞府,探寻六郎消息。如果找不到六郎,我就召集藩镇军队来援救圣上!陛下一定要坚守此城,等臣带兵来救!"真宗说道:"王兄此行一定要多加小心!"于是,八王在众将的保护之下,冲出重围,单人独骑直奔无佞府而去。

八王来到无佞府,见到杨老夫人,说明情况,请老夫人唤出六郎来见。老夫人说道:"既然是殿下来召六郎,那就请稍等片刻。"于是命令手下,从后园的地窖中唤出六郎,来于八王相见。八王说明情况,让六郎速速前去救援。六郎说:"听说三关的将士已经各自散去,我要先到佳山寨,召集众将,再去救援。"八王说:"事不宜迟,我要赶紧到朝中,调拨边关军队,等你召集众将之后,我们一同进兵。"与二人分别而行。

杨六郎走了几日,到邓州地界寻找焦赞下落,没有任何消息。走到锦江口的时候,看见一伙僧人,嘴里嘟嘟哝哝地走过。六郎见这些人脸上都很不高兴,就上前问道:"你们这是要到哪里去?为什么不高兴呢?"僧人说道:"唉,别提了。我们这里不知什么时候来了一个疯汉子,一发疯,就要打人,官府也拿他没办法。他说什么他的将军被朝廷诛杀,只要是看到僧人、道人,就让他们去给他

的将军念经超度。昨天来到我们的庙里,让我们今天去泗州堂念经,我们哪里敢不去呀?"六郎一听,心想:"这个疯汉子一定就是焦赞。"于是就随同僧人一起前往泗州堂。

六郎来到泗州堂,就看见焦赞正躺在神案上呼呼大睡,鼾声如雷。六郎上前把他摇醒。焦赞正在梦中,突然被人摇醒,大怒,睁开一双怪眼,大声叫道:"哪个不怕死的,敢动大爷?"定眼看时,却发现是六郎站在面前。焦赞大惊,上前抱住六郎,说道:"将军是人还是鬼?焦赞已经在这里为您的亡灵超度多日了!"六郎笑道:"大白天的,哪里会遇到鬼呢?这里说话不方便,你随我来。"

六郎带焦赞来到城西桥边,对他说:"皇上有难,已经特赦你我之罪,我们要赶紧到三关寨,召集兄弟们一同前往魏州,救援皇上。"焦赞一听,高兴得手舞足蹈,拍手笑道:"我以为将军遇害,撇下我们众兄弟,现在又和将军相会,真是快活死我了!"

两个人向三关方向而去。正当中午的时候,来到杨家渡。渡口没有船,遥望水势茫茫,等了好一会,并不见有人来。六郎命焦赞前去察看。焦赞往上游方向走了一会儿,就看见了船夫。焦赞问道:"劳驾您把我们渡到对岸,我们多多地给钱。"众人抬头一看,见焦赞长得很奇异,都不理他。焦赞又小心翼翼地问他们:"可不可以渡我们过河?"那些人对着焦赞就骂:"臭奴才!说什么渡不渡!"焦赞一听大怒,伸出一双铁拳头,朝那些人打去,打得他们哭爹叫娘,四散奔逃。

焦赞回来见六郎,六郎见他怒气冲冲的,就问道:"你又闹事了?"焦赞气呼呼地说:"那帮家伙真不是好人!明明有渡船,却不肯渡我们,还恶语伤人!我气坏了,就把他们打了一顿。"话音刚落,就看见一伙强盗手拿短棍冲这边赶来。焦赞说道:"让我杀了这帮强盗,为民除害!"说着,手提大刀,冲那伙人过去。

那伙强盗抵挡不住,纷纷后退。那个太保冲出来,与焦赞打在一处。打了几个回合,不分胜负。六郎喊道:"不要相斗,不知壮士尊姓大名?"太保收回武器,焦赞也住了手。太保说道:"我本是邓州人,姓杨名继宗,小号太保。你又是什么人?"六郎说道:"我是杨令公的儿子杨六郎。只因为皇上有难,我要到三关召集部下前去救驾。想借壮士的渡船渡我们过河。"杨太保听了,放下大刀,上前拜道:"久闻将军大名,今日一见,三生有幸!请将军随我到家中坐坐。"六郎赶忙扶起太保,随太保来到庄上。

太保命人摆上酒食,和六郎畅饮叙谈。太保说:"如果将军不嫌弃,我愿意率领我的部下,一同前往魏州救驾。"六郎非常高兴,说道:"太保想跟随我救驾,当然是好事。等我召集了三关人马,就来约你同行。"当晚,六郎与焦赞就住在庄上。第二天一早,杨太保撑船把二人渡到对岸。六郎与焦赞辞别太保,向三关方向走去。

两人走了半天,不觉已经是中午时分,两人觉得有些饥饿,便在路边稍作歇息。焦赞说道:"将军暂且在这里等候,我到前方看看有没有酒馆,顺便给将军买些酒食,也好解解饥渴。"六郎应允。焦赞往前走了一段路程,没有发现一个酒馆。正在烦恼的时候,有一伙人挑着酒肉担子从面前经过。焦赞问道:"你们挑的这些酒肉能不能卖给我一些?"一个人回答说:"我们这可是祭神还愿的酒肉,怎么能卖呢?"焦赞问道:"你们祭的是什么神?还的是什么愿啊?"那人说:"前面有个杨六郎的神庙,威灵显赫,我们这里的乡村都依赖这神灵保佑。只要我们祈求神灵的事情,都应验了。所以我们特地到神庙去酬谢。"焦赞一听,大笑不止。众人看他奇怪,也不理他,径自走了。

焦赞回见六郎,把神庙之事告诉了六郎。六郎笑道:"怎么会有这种事?"焦赞说:"将军不信,我们可以到前面去看一看。"二人向前走去,果然看见一座神庙，建筑威严肃穆。杨六郎走进庙中，一眼就看见了自己的塑像，与本人极其神似。两旁还雕塑了自己手下的十八位指挥使。庙宇香火十分旺盛。六郎指着焦赞的神像笑道："这个塑像和你本人是一模一样！"焦赞笑着说道："将军您的神像更是神似！怪不得我在邓州发疯打人，原来在这里被人供奉！"说着，焦赞推倒自己的神像，神像倒塌，发出巨响。当时来庙里还愿的人，都吓得四散奔逃。

焦赞正要去推六郎神像，谁知一阵锣声响起，只见刘超、张盖带着三百多人，来到庙前。手下人上来就要抓推倒神像的人。六郎一见，认出他们，大声说道："住手！"刘超、张盖一看，竟然是六郎和焦赞，于是倒头便拜："大家都说将军已经死了，这到底是怎么回事啊？"六郎说明当时诈死，现在要召集旧部，前往魏州救驾。刘超、张盖一听，非常高兴，连忙请六郎到寨中商议。六郎命众人推倒神像，拆毁庙宇，随大家来到虎山寨。

六郎得知岳胜、孟良在太行山占山为王，叹息说道："我一人死了，你们就翻了天了！"于是带着焦赞前往太行山。走了一天的路程，眼看天色将晚，暮色已至，六郎对焦赞说："这一路都是山路，想必不会有客栈，你到前面村庄里看看有没有人家可以借宿。"焦赞领命前去。往前走了一段路程，并不见人家，转过山去，就看见前面有一个小山村。焦赞走进一户人家，只见一个员外，焦赞上前作揖，说道："老人家，我是远路而来的商人，天黑了走到这里，不知能否在您的府上借住一宿，必有重谢！"那老员外叹了一口气，说道："客官不必客气。要是在平时，你尽管在这里安歇，只是今日不可，您还是到别处去看看吧！"焦赞说道："老人家，天色已晚，还希望您能行个方便。"老员外见他言辞恳切，就问道："你们几个人啊？"焦赞说："只有我和主人两个人。"老员外说："那好吧，你们就在外房歇息吧！"

六郎和焦赞一起来到投宿的人家，老员外见六郎长得仪表堂堂，便问道："请问您从哪里来？"六郎说道："小人从汴京而来，要到太行山去。"老员外一

听,顿时神色黯淡,说道:"您不要提什么太行山吧!"六郎很奇怪,问道:"老人家遇到什么困难了吗?"老员外长叹一声,说道:"我本姓陈,世代在这里居住,距离太行山只有几里地。现在太行山有两个强盗,一个叫岳胜,一个叫孟良。他们号称天子,手下有五六万人,打官劫舍,为害百姓。老夫飘零半生,只生有一个女儿,没想到被孟良看见,非要娶小女为妻,今晚就来成亲。没办法,我们只能答应,不然,我们整个村子都难保全啊!"说完,老员外泪流满面。

六郎一听就笑了,说道:"老人家放心,孟良是我的老朋友了,等他来了,我自有办法救你女儿,您只要按计划行事就可以了。"说着,六郎就到外房等候。时间不长,只听门外金鼓之声,有人来报:"孟大王来到。"老员外赶紧接出门外。孟良在厅上坐了,手下都在两边站立。老员外上前施礼,说道:"大王来到,有失远迎,还望恕罪。"孟良说:"如今你已经是我的岳父大人,不必施礼了!"老员外赶紧命人摆上酒席,请孟良饮酒。六郎在窗外看得真切,心中暗想:"如果没有王法,这孟良岂不是任意横行乡里!"焦赞早已按捺不住,一脚把门踢开,冲进去掀翻酒席,一下就把孟良拦腰抱住。孟良没有防备,不知来者何人,赶紧命令手下道:"还不抓住这人!"手下正要动手,只听六郎厉声骂道:"你这不知廉耻的狂徒,还敢在这里撒野!"孟良一看,竟然是六郎,连忙拜倒在地,说道:"不知将军在此,还望恕罪!"众人准备回山寨商议救驾大事。

老员外上前拜见六郎,说道:"感谢将军搭救之恩,不知将军尊姓大名?"六郎告知姓名,老员外大喜,说道:"久闻大名,如雷贯耳,今日有缘相见,真是三生有幸!"于是让女儿百花娘子出来拜谢。只见那百花娘子确实是个貌美女子,虽淡妆素抹,却是体态端庄。

当晚老员外留大家在家中畅饮。天色将明之时,杨六郎辞别老员外,带领众人离开山村前往太行山。

世界经典文学名著大全
·青少年彩绘版·

第二十一回

杨六郎救圣驾再立奇功

六郎等人来到太行山下,孟良早已派人前往山寨通报,岳胜得知消息,带领人马在半山之处迎接。岳胜一见六郎,拜倒在地。众人来到寨中,六郎把要到魏州救驾的事告诉大家。岳胜说道:"将军尽心为国,皇上却不以国家社稷为重,轻信谗言,要置将军于死地。还好皇天开眼,将军有幸逃过一劫,不如就留在这里,立国为君,自己做天子,不要去救那个昏庸的皇帝了!"六郎说道:"我们尽忠报国,可以流芳百世;如果在这里称王,不过也只是强盗罢了,只能是留下千古骂名。"岳胜不敢再说什么,于是大家欢庆重聚,畅饮而散。

第二天,六郎派人去召集刘超、张盖等人来到太行山;三关旧部只有陈林、柴敢未到。岳胜说:"他们二人还在胜山寨。"于是派人前往胜山寨召回二人。几天后二人带人马来到太行。此时,六郎帐下有岳胜、焦赞、孟良、陈林、柴敢、刘超、张盖、管

伯、关钧、王琪、孟得、林铁枪、宋铁棒、丘珍、丘谦、陈雄、谢勇、姚铁旗、董铁鼓、郎千、郎万等共二十二员指挥使，手下的精壮士兵有八万多人。

六郎派人赶往汴京，告知八王，约好日期一同出兵前往魏州。又派人赶往杨家渡，通知杨太保。六郎安排好一切，随即带领部将出发，部队张起大旗，旗上写着"杨六郎魏州救驾"七个大字，浩浩荡荡离开太行山，前往魏州进发。兵马行进之时，遇到杨太保带人赶到，两军相遇，声势更加浩大，正是：

英豪相聚势愈雄，万山之中行色匆。

只为安邦国家计，何怕敌邦万马军！

大军快到澶州地界，八王带领四万人马赶到。两军会合，势力更壮。于是大军驻扎在澶州城中。第二天，六郎召岳胜说道："圣上被围的时间不短了，你做前锋带领军队紧急进军，迎战辽兵，先杀一杀他们的威风！"又唤来孟良和焦赞，说道："你们二人带领二万士兵，分左右两翼，攻入敌军之中，要尽全力作战，我带人接应你们。"孟良等人领兵而去。六郎对八王说："殿下领兵作为后应。"八王应允。

岳胜正领兵前进之时，忽然前面出现一队人马。原来是辽将刘河带人押送呼延赞回幽州。岳胜舞刀冲进敌阵，辽将刘河不是岳胜的对手，大败而逃。宋军夺得囚车，救出呼延赞。六郎大喜，八王一见呼延赞，高兴地说道："将军得救，真是天子的洪福啊！"

六郎下令诸位将领，快马兼程而行。此时，魏州城中已经和外面音讯不通，真宗和众臣子日夜盼望援兵到来，却一直没有等到消息。眼看城中粮草将尽，真宗只得下令宰马而食。辽军越发加紧攻势，情势已经万分危急。

辽将刘河败回大营,报告萧天佐说,宋朝援军到来,救走了呼延赞。萧天佐大惊,赶紧派人打探,看宋军来的是哪路人马。回报说:"军队打的是杨家旗号,来势非常凶猛。"萧天佐赶紧下令各部下将领,整兵迎战。命令刚刚发出,就见岳胜人马漫山遍野而来,已经冲杀到阵前。

辽将耶律庆列队迎战岳胜。两人交锋,打了几个回合,辽军就冲上来,包围岳胜。孟良、焦赞领兵分别从左右翼攻入阵中。辽将麻哩喇虎手举方天戟迎战孟良。陈林、柴敢趁机杀入阵中。一时间两国军队一场恶战。焦赞勇猛无比,只见他手提利刀,杀死辽兵无数。焦赞冲进辽营,无人敢挡,如入无人之境。恰好迎面遇到辽将刘河,只一个回合,焦赞就把刘河斩于马下。

宋军士兵勇猛冲杀,辽军阵势开始不稳。萧天佐奋勇冲杀,杨太保拉弓搭箭,一箭就射中萧天佐,萧天佐栽于马下。土金秀一见,赶紧杀过去,救起萧天佐逃走了。耶律庆料到自己不能取胜,回马就跑,被岳胜追上一刀砍为两段。麻哩喇虎冲出重围逃走,战马却被刘超、张盖用绊马索绊倒,麻哩喇虎被生擒活捉。辽将师盖正要上前救助,郎千、郎万赶到,生擒师盖。

孟良一路冲杀,来到魏州城的东门。城楼之上看到城下厮杀,节度使李明、王全节赶紧打开城门接应。宋军内外夹击,辽军倒旗弃甲,兵败如山倒。宋兵乘胜追击,直杀得四横遍野,血流成河。萧天佐和土金秀率领残兵败将,连夜败回幽州。

六郎一战成功,此后更是名扬四海,威震九州。后人有诗称赞:

宋运兴隆启圣明,英雄效命发长征。

番人弃甲抛戈遁,方显杨家救驾兵。

此时八王已经率先进入城中拜见真宗。真宗激动不已,说道:"这次朕能够脱险,都是王兄的功劳啊!"八王说道:"全是凭借陛下的洪福!杨六郎杀退辽兵,也是功不可没。"于是真宗召见杨六郎。真宗说道:"将军辛苦了!将军救驾有功,朕要重重地封赏!"六郎说道:"感谢陛下的恩典!臣认为我们应该乘胜进军,一直杀奔幽州,灭掉辽国,我们的边疆就会安宁。"真宗说道:"将军的想法固然不错,只是朕的车驾出来的日子太久了,壮士们也已经很疲惫了,还是先回朝廷再商议吧!"

真宗皇帝命令代州节度使杨光美在魏州留守,六郎大军护送真宗车驾班师回京。文武百官跟随着真宗车驾,前呼后拥,离开魏州,向汴京方向进发。一路上,只见"旌旗动处黄龙舞,画角鸣时白昼闻",声势浩大,气势雄壮。

回到汴京,真宗犒赏救驾的将士们,对六郎更是赏赐丰厚。真宗对六郎说:"三关能够平静安宁,主要是依赖将军,将军还是统帅部下去镇守三关吧!"六郎说:"臣正要向皇上请求前往佳山寨,招募能征善战的将士,以图有一天实现征伐辽国的愿望。"真宗非常高兴,于是封六郎为三关都巡节度使,享有生杀斩伐的大权。六郎接受任命,拜谢皇上。

六郎回到无佞府,向老夫人辞行。这时,六郎的儿子杨宗保跑到父亲面前,听说父亲要到佳山寨镇守边关,吵着要和父亲一同前往。宗保今年刚刚十三岁,年龄虽小,志气却大,早就有为国杀敌的愿望。六郎看宗保志气不小,心中很是高兴,他对宗保说:"孩儿有这样的志气,实在是国家的大幸啊!只是你现在年龄还小,不妨在家里读书练武,等你长大成人,自然可以上战场杀敌立功!"宗保只得遵从父命。

六郎辞别家人,带领岳胜、孟良等人,率领军队向三关进发。到了佳山寨,六郎命令手下修整营地，修筑关隘。把手下的士兵分为十二团练，分别由岳胜等将领统领。将领每日带领士兵操练，严密监视辽国动向。从此，佘山寨更加兴盛，三关隘口更是固若金汤，辽人不敢有所企图。

再说辽国，自从萧天佐兵败魏州之后，萧太后日益忧虑。这次伐宋，辽国损兵折将，惨败而归，太后十分懊恼；听说杨六郎镇守三关，有攻陷幽州、殄灭大辽之志，萧太后更是寝食难安。这一天，太后召集群臣商议。太后说道："杨六郎驻守边关，日夜操练军马，图谋攻打我大辽，我们要做好防御的准备。一旦杨家将来攻打幽州，哪位将领可以带兵御敌？"韩延寿说道："陛下，谚语说得好：'大国有征伐之兵，小国有防御之固。'我们还是要做好防御准备。只是如今朝中将领，都已经年老，很难再领兵御敌。陛下不如贴出榜文，全国招募勇士，选拔能征善战之将，才能保证没有后顾之忧。"太后觉得有道理，就下令文臣起草招募勇士的榜文，张贴在城门之上。

这一天，大家正在观看榜文，只听有人大声说道："我来揭榜。"声音大如轰雷。大家赶紧退后，只见一个大汉走上前去，一手揭下榜文。只见这人身材高大，长得非常奇特，面如黑铁，眼若金珠，两臂上的肌肉突起。守军见他揭了榜文，就把他带来见萧太后。太后一见此人，心中大惊："世上竟然还有这种长相的人！"太后问道："壮士是哪里人啊？"那人答道："小臣祖居碧萝山，名叫椿岩。"太后问："你有什么武艺？"椿岩说道："小人熟读兵法，十八般武艺样样精通。"萧太后一听，非常高兴，说道："壮士刚刚来朝，还没有建立功勋，先封给你一个中等职务，等日后壮士立功，再升职封赏。"于是封椿岩为团营都总使。椿岩谢恩退下。

第二十二回

吕军师助辽大摆天门阵

宋真宗回朝以后，念念不忘魏州之耻，一心想要征伐辽国，雪洗耻辱。这一天，真宗召集群臣商议征伐辽国的大计。八王说道："陛下，我们大宋一统中原，拥有广袤的繁华胜地，辽国不过占据一隅之地，我们攻取它并不是什么难事。不过，辽国毕竟也是兵强马壮之国，我们还是要从长计议。"真宗没有答话，忽然一个人站出来说道："陛下，臣认为此时正是进兵辽国的大好时机，再往后拖延，只能是坐失良机。"大家一看，原来是光州节度使王全节，只见他上前奏道："臣有一计，可以让辽国拱手投降。"真宗问道："将军有何计策？"王全节说："我们可以兵分四路：澶州一路、雄州一路、山后一路，这三路都处在通往幽州的咽喉要道上，容易筹备粮饷；臣再带领一路人马，共四路人马一同进攻幽州。就算辽国有雄勇之将，也难以抵挡！"

真宗准奏，随即下令澶州、雄州、山后分三路出兵，任命王全节为南北招讨使，李明为副使,率领精兵五万出发征讨辽国。王全节领命,即日领兵离开汴京,向幽州进发。此时正是初春天气,风和日暖,一路上风景无限,生机勃发。大军声势浩大,很快就来到九龙寨,安下营寨。

消息传到幽州,萧太后得知,大惊:"没想到宋朝这么快就发兵了!"太后问文武百官:"哪位将军可以带兵迎敌?"话音刚落,椿岩就上前说道:"陛下勿忧,臣保举一人可退宋兵。"太后问曰:"你保举何人?"岩曰:"臣保举我的师父,姓吕名客,如果用他来战宋军,一定就如摧枯拉朽,不要说是打退敌军进攻,就是攻取整个中原之地也是易如反掌!"

萧太后立即宣吕客进殿。吕客来到大殿之上,太后见此人装束清雅,举止特异,心中暗想:"此人一定是奇才。"只见吕客上前施礼,说道:"臣听说陛下要与南朝大宋抗衡,特地来相助您一臂之力,帮助您获取大宋天下。"萧太后一听大喜,说道:"先生有何计策可以打败宋军?"吕客说:"宋人能征善战的将领太多,我们不能和他们硬拼武力,臣可以用阵图斗败他们。依臣来看,幽州军马不足以应敌,陛下需要向五国借兵。"萧太后问道:"向哪五国借兵?怎样才能借到?"吕客说:"陛下要写封书信,派使臣前往辽西鲜卑国,见国王耶律庆,送给他金帛,向他借精兵五万;派使者前往森罗国,赏赐国王孟天能,要他发兵五万相助;再派一个使者前往黑水国,答应国王攻宋成功之后,割西羌一带土地答谢他,要他派兵五万;再派一个使臣到西夏国,见国王黄柯环,向他陈述中原对西夏国的威胁,向他借兵五万;再派人前往长沙国,见国玉萧霍王,向他借兵五万。有了这五国的军队相助,臣就可以排下南天七十二阵,准保宋朝无人能破此阵,到时候宋朝君臣一定是心胆碎裂,退兵而去。陛下再命辽军乘胜追击,一举攻占汴京!"

萧太后听了,非常高兴,说道:"先生真是子牙再世,诸葛复生。"即日封吕

客为辅国军师、北都内外兵马正使。吕客谢恩退下。

太后依吕客的计策，派出五个使臣，让他们带上金银珠宝，前往五国借兵。五国得到萧太后的好处，都乐于出兵相助。鲜卑国王命黑靼令公马荣为帅，森罗国王派亢金龙太子为帅，黑水国王由铁头黑太岁为帅，西夏国王令公主黄琼女为帅，长沙国王令驸马苏何庆与公主萧霸贞为帅，各助精兵五万，陆续而来。萧太后又召云州耶律休哥、蔚州萧挞懒等将领回京，听候吕客调遣。

吕军师见各路人马到齐，就同徒弟椿岩一起率领人马，浩浩荡荡赶赴九龙谷。辽国大军来到九龙谷，选了一处平旷之地安下营寨，对面就是宋军大营。吕军师召集众将领，吩咐道："我就要选择吉日排阵，各位将军都要听从我的号令。如果有不遵从的，本军师就要先斩后奏。"

这一天，吕军师调兵遣将，排兵布阵。首先是鲜卑国黑靼令公马荣统率军队，列在九龙谷正南，摆成铁门金锁阵。派一万士兵，各执长枪，守住铁门，把守将台七座；又分派一万士兵，手执铁箭，作为阵中的铁闩，把守将台七座；再有一万士兵，手执利剑，作为金锁，又把守将台七座。

黑水国铁头太岁率领军队，靠九龙谷左边排作青龙阵。派一万士兵，手执黑旗，作为龙须，把守将台七座；又派一万士兵，分为四队，手执宝剑，作为四个龙爪，把守将台七座；另有一万士兵，手执金枪，作为龙鳞，把守将台七座。

吕军师又令长沙国苏何庆率领部下靠九龙谷右边排作白虎阵。一万士兵，手执宝剑，作为虎牙，把守将台七座；一万士兵，手执短枪，作为虎爪，把守将台七座。

又命令耶律休哥率领士兵一万，在前面守住六座将台，作为朱雀阵；耶律奚底率领军队一万，守住后方六座将台，作为玄武阵。几路大军环绕左右，成掎角之势。

这员军师又分别派遣森罗国金龙太子、四夏国黄琼女、萧后旱阳公主、辽将耶律呐等排成阵势，共七十二阵。军师命令椿岩和韩延寿督战，每个阵中都以红旗为信号，真是变幻莫测，诡异难识。白天时，阵中只觉凄风冷雨一般；夜间时，就好似天上星河灿烂奇幻。不识阵法的人走进阵中，一定被打得晕头转向，迷茫不知所在，别想再活着出来。

韩延寿派出使者给宋军送去战书，约宋军出兵交战。王全节接到战书，和李明一同带人出营来与辽军交战，远远望去，只见正北方向一座阵城，好像一座巨大的迷宫。二人惊叹："摆出这样的阵法，辽军中一定有奇人！"正在惊叹之时，辽将韩延寿走出队列，高声说道："宋将听好，如果你们想要斗武，那我们奉陪；如果你们想要斗文，那就请看我们的奇阵！"全节对李明说道："辽兵气势雄壮，如果与他们交锋，未定能胜。看他们摆出的阵城，真是奇幻无比，我们一时也无法破解，还是不要鲁莽行事。"李明同意王全节的意见，说道："我们不如暂时收兵，破解奇阵还需要从长计议。"于是全节对韩延寿说道："武力相斗，不足为奇；破解了你们的阵城，才是本领！我们需要商讨破解之法。"椿岩大笑，说道："那好，任凭你们回去商量，我们等着你们来破阵！"于是，双方各自收兵还营。

王全节回到营中，对李明说："我对阵势还是有些了解的，却从来没有见过今天这样奇异的阵法。我们还是赶紧上报朝廷，看看朝中有没有能够识破这个阵法的人。"李明说道："事不宜迟，我们赶紧画出阵图，火速送往朝廷。"全节于是按照辽军的布阵画成阵图，派人连夜送往汴京。

真宗得到报告，赶紧召集群臣商议。满朝文武，竟然没有一个人能够识

破这个阵法。寇准说道:"臣看这个阵图,变幻多端,诡异莫测。杨六郎对阵法很有见解,不如把他召回,看看能否认破此阵。"真宗准奏,随即派人前往佳山寨,召六郎回京。六郎接到圣旨,命令陈林、柴敢守住山寨,自己和岳胜、孟良等二十二员指挥使,率领大队人马,赶赴京城。

杨六郎率军队来到京城,命令军队驻扎在城外,自己入朝拜见真宗。真宗对六郎说:"今日,我军与辽军交锋,辽军摆出阵城,好似迷宫一般,朝中文武都不能识破此阵。将军熟悉阵法,看看能不能识破此阵?"六郎接过阵图一看,觉得确实是奇阵,只是阵图画得并不是十分明了,就对皇上说:"依臣来看,排出这个阵法的,绝对不是一般人,辽军一定是有奇人相助。这张阵图有些地方不太明了,臣需要亲临敌境察看,才能看出它的玄机。"真宗于是下令赐六郎御酒,命令六郎即刻前往九龙谷。

六郎率领大军来到九龙谷。王全节听说是六郎前来相助,大喜过望,和李明一同到营外迎接。全节见到六郎,说道:"有将军前来相助,战胜辽军指日可待!"六郎说:"我看那个阵图,还不十分明了,需要到阵前观看,才能知道他们的阵法如何变化。"

第二天,六郎下令出兵,岳胜、孟良等将领披挂整齐,随六郎一起来到阵前。辽将韩延寿也列兵到阵前迎战。杨六郎高声喊道:"辽将听好,我们不与你们比武,只是来观看阵法。"韩延寿一见是杨六郎,心中暗想:"杨六郎出身将门,熟知阵法,不过我们这个阵,他也未定能够识破。"于是命令辽军各营,按照红旗的指挥,变换阵法。只听辽营中一声震响,气势非凡。阵图随时变化,奇幻难测。六郎在马上看了很久,然后收军回营。

众将领回到大营,六郎说道:"我也曾经排过几种阵势,却从来没见过这样变化的。说是八门金锁阵,又多了六十四门;说是迷魂阵,又多了一个玉皇殿。这个阵势错综复杂,很难识破啊!"全节说道;"如果将军都不能识破,就很难再有人能破此阵了。"六郎说道:"我曾经听父亲说过,三卷六甲兵书,最难看懂的就是下卷。下卷记载了很多妖道之术。这个阵法我从来就没见过,我想,可能是出自于下卷。也许我的母亲听父亲说过,能够认识这个阵法。我们请她老人家来阵前看看。"

于是六郎派人回京报告真宗,请求真宗派杨老夫人前往九龙谷观看阵法。真宗深知此战要与辽军一定乾坤,绝非一般,决定亲临战场督战。于是,一方面令人前往杨府请老夫人到九龙谷一看究竟;一方面令寇准管理朝中政事,大将军呼延赞保驾,八王为监军,率领大军浩浩荡荡前往九龙谷。

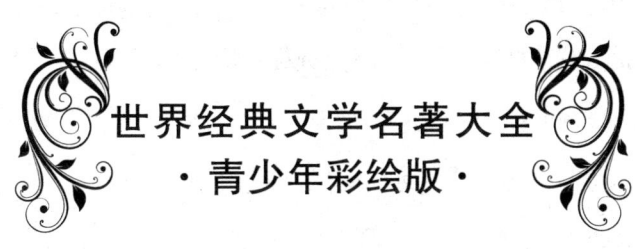

第二十三回

杨宗保得兵书识破奇阵

杨老夫人接到真宗旨意，得知辽军摆下奇阵，六郎都不能识破，便即刻起行，前往九龙谷。杨宗保打猎回来，得知老夫人已经前往九龙谷，宗保早就想上前线打仗，于是赶紧骑上战马随后追来。

杨宗保出了汴京，一路快马加鞭，向九龙谷追去。眼看天色已晚，却还不见祖母的踪影。宗保继续前行，由于天黑，不辨方向，一下子走错了路，越是往前走，越是偏僻，竟然不见人烟。宗保觉出道路不对，就想往回走，可是夜深天黑，根本没有办法辨清路途。正在为难之际，只见前面透出一点灯光。宗保顺着灯光走过去，就看见前面有一所大房子，好像是一座庙宇。杨宗保把战马拴在门外，上前敲门。里面有人开门，带领宗保走进院子里。只见一个妇人，坐在大殿之上，两边站着随从，很是威严。宗保上前施礼，妇人问道："你是什么人啊？为什么深夜来到这里？"宗保就把自己追赶祖母,不小心走错道路的事一一说了。那个妇人听了宗保的话,笑着说道:"你的祖母到军中去看阵法,她又怎么能够识破仙阵?"于是就命令手下人给宗保准备饭菜。

宗保吃过饭,妇人拿过来一本兵书,交给宗保。妇人说道:"我在这里居住已经很多年了,从来没有人来过这里。今天小将军来到这里,真是上天的旨意啊!你要认真读一读下卷,学会里面破阵的方法,你就可以去辅佐宋朝皇帝,降伏辽国,也不失你为杨家之后啊!"宗保一听,赶紧拜谢。此时天色渐明,妇人命令手下人把宗保送出门去,向宗保指明前往九龙谷的道路。

宗保骑在马上,一边走一边心里还是奇怪。很快,宗保走出深山,遇到当地的居民,便问此地是何处。居民指着那座山说道:"那座大山是红累山,山里有一座擎天圣母庙,不过已经荒废多年了。"宗保心想:"这真是奇遇啊!难道是有仙人相助?"于是拿出妇人赠的兵书,认真阅读,书的下卷写了很多稀世阵法,宗保看了心中非常高兴。看过兵书,杨宗保快马加鞭,向九龙谷疾驰而去。

杨老夫人早已到了九龙谷,随六郎出营察看辽人阵势。只见刀兵隐隐,杀气腾腾,红旗动处,变化无穷。老夫人看了好一段时间,拿出家中所藏兵书察看,却并不见书中有辽人的阵法。老夫人对六郎说:"这个阵法我看不懂,就算是你父亲,也没见过这个阵法。"六郎一听,非常郁闷,心想:"我们杨家人要是不知道这个阵法,其他人就更不会知道了。"六郎叹息说道:"真不知该如何击破辽阵!"

大家都很忧虑,回到营中,却听到有人来报:"少将军杨宗保来到大营。"六郎本来就很忧闷,一听宗保来到,更加生气,心想:"小孩子不在家里好好陪伴母亲,来到前线捣什么乱!"正在烦恼之时,只见宗保来到面前。六郎正要发作,

宗保见父亲怒气冲冲,赶紧说道:"爹爹是为不识阵图烦恼吗?"六郎大声喝道:"没有你什么事!好好听话,赶紧回家去,免得挨打!"宗保笑着说道:"我回去,谁来帮您破阵?"老夫人一听,觉得事有蹊跷,赶紧问道:"你见过此阵?"杨宗保昂起头,很傲气地说道:"孙儿我对阵法很有研究!不信,我们到阵前观看,我说给您听!"

老夫人和杨宗保在众将领的保护之下,来到阵前观看。宗保看了好一会儿,回头对大家说:"这个阵法排得极其巧妙,不过并不完整,要想破它很容易。"众将见宗保年龄不大,却有如此本领,非常佩服。杨老夫人更是欣喜万分。大家回到大营,岳胜兴奋地对六郎说:"小将军熟知阵法,他说此阵不难破解。"六郎冷笑道:"别听他胡言乱语!"杨老夫人对宗保说道:"你说能破此阵,那就先说说这是个什么阵法。"宗保说道:"这个阵法可不是一般的阵法。从九龙谷正北布起,直到西南,都是按名把守,里面有七十二座将台,阵内修筑甬道,路路相通,名为七十二座天门阵。靠右侧黑旗之下,阴阴杳杳,日月无光,是迷惑敌人的所在,敌人到了这里就会送命,很难逃脱。不过,辽人的阵中还有不全之处:中台玉皇殿前,缺少天灯七七四十九盏;青龙阵下,少了黄河九曲水;白虎阵上,少了虎眼金锣二面,虎耳黄旗二张;玄武阵上,欠珍珠日月皂旗二面。这几处,孙儿按照阵法调遣,破了它就如风卷残云一般,祖母、爹爹不必担心。"

老夫人非常高兴,没想到孙儿小小年纪就有这样的见识。六郎大吃一惊,问道:"你是怎么知道这个阵法的?"宗保就把自己奇遇妇人,得到仙人兵书的事情告诉了父亲。六郎一听,非常高兴,赶紧和宗保商议破阵之事。宗保说:"我们也要选准吉日才能破阵。"于是大家做好准备,只等吉日一到,就出兵破除阵法。

真宗驾下的王钦得知阵图不全的消息,赶紧派人密报萧太后。萧太后得到消息,大惊。她深知此战关系大辽国的存亡,于是摆车驾火速赶往九龙谷,御驾亲征。萧太后来到九龙谷,见到吕军师,把阵图不全的情况详细告诉了他。吕军师大惊,心中暗想:"宋军中一定有人能识破此阵。"于是对萧太后说:"阵中确实有几处不全,臣马上按照阵法补齐,到时候,就算是轩辕黄帝再生,也破不了我这天门阵!"吕军师来到阵中,下令在玉皇阵上添上红灯;青龙阵里布上黄河;白虎阵内左右建起二面黄旗,当中设立金锣二面;玄武阵上竖起日月旗。一切布置停当,只等宋军前来送死。

宋军之中,杨六郎早已排兵布将,只等吉日一到,攻取辽军阵营。这一天,杨宗保同众将领登上高台观望辽阵,却发现那天门阵已经布置完整,根本就无法攻入了。宗保只觉眼前一黑,差一点就从高台上跌落,身边将领岳胜赶紧扶住。岳胜见宗保脸色不好,赶紧扶他回到营中。一见祖母,宗保险些掉下泪来。老夫人忙问出了什么事,宗保说道:"不知是谁泄露了消息,现在辽人的天门阵已经布置完整了,孙儿我已经无法破解了!"老夫人一听,大吃一惊。杨六郎听到消息,当场就昏倒在地,不省人事。

众人见六郎晕厥不醒,赶紧报告真宗皇帝。真宗大惊,说道:"如果杨将军有什么不测,朕的江山岂不是难以保全?"八王说道:"陛下不如贴出榜文,招募名医,治好延昭将军的病,再商议出兵作战。"真宗于是命令贴出榜文,招募良医。

第二天,就有人来报:"有一个老翁揭掉了榜文。"真宗赶紧宣老翁进见,只见那老翁仪表不俗,举止文雅,心中暗想:"此人一定不同凡人。"于是请老翁给六郎看病。老翁看后,说道:"臣看杨将军的病症,是由于阴气所伤,只需要用两味药。"真宗问道:"不知是哪两味药?"老翁说道:"需要龙母的头发,龙公的胡须。这龙公的胡须好说,只要陛下您的胡须就行了,这龙母的头发就不太好得到了,要到辽国萧太后头上去取。"真宗说道:"我们辽国交兵,彼此之间就是仇

敌,怎么可能拿到她的头发?老先生还是用其他药品代替吧,朕愿意花重金去买。"老翁摇了摇头说道:"只能用这两味药。"说完就退下了。

真宗焦急万分,八王说道:"陛下不必着急,延昭的部下,有很多能干之人,我们可以选派合适的人前去辽营偷取萧太后的头发。"真宗于是命八王找出合适人选。八王和老夫人商量,老夫人说:"孟良熟悉辽国情况,而且他做事谨慎,派他去最合适。"八王于是派孟良前去盗取萧太后的头发。

孟良领命,来见老翁,问需要多少头发。老翁说:"头发多少都可以。萧太后的御花园中,有一匹白骥马,你得到头发后,就把这匹马偷回来,给宗保破阵时骑。还有一个九眼琉璃井,也在这御花园中,天门阵中的青龙阵上的九曲水,就是从那九眼琉璃井中取的水,你偷偷地用沙石填塞其中的一眼,青龙阵就很容易破解了。"孟良一听,牢记在心。临行前,老夫人对孟良说:"我的四儿子在辽国被招为驸马,改名为木易。你可以找他帮助你。"孟良听了很高兴,于是辞别了老夫人,秘密出宋营前往辽国。

孟良一路快马加鞭,走到半路,忽然遇到焦赞,孟良说道:"你来做什么?"焦赞笑着说道:"哥哥一个人独行,小弟我放心不下,特意来陪哥哥一同前往。"孟良说道:"这次行动非常机密,怎么能带你一起去?"焦赞说:"我陪哥哥一同前去,也好有个照应,小弟保证不泄密!"孟良无奈,只得带焦赞同行。

两人来到幽州城,孟良对焦赞说:"你留在客店中等我,我去打探一下驸马的消息。"孟良化装成辽人模样,来到驸马府见到杨四郎。孟良对四郎说了六郎病重,需要萧太后头发治病的事。四郎说:"这件事交给我,你先回去等我的消息,过几天来取头发。这里有很多皇上的密探,你行事一定要小心。"于是孟良出了驸马府,回到客店等候四郎消息。

杨四郎想了半夜,忽然心生一计。他假装肚子疼痛,在床上翻滚,痛苦万分。琼娥公主见四郎如此痛苦,赶紧召来宫中御医给四郎医治。谁知四郎不但不见好转,反而更加痛苦。公主惊慌失措,对四郎叹息说道:"驸马这病怎么才能治好啊?"四郎见公主没有了主张,就说道:"我自幼就习武征战,不免耗力过度,腹中留有淤血,时常引发腹痛。往常都是用龙须烧成灰来服用,已经好了好几年了,不知道为什么今天又发作了。"公主连忙问道:"这龙须中原有,我们辽国哪里有呢?"四郎说:"太后的头发可以替代龙须。"公主一听非常高兴,说道:"我马上派人向母后讨取。"说着,就命令手下人前往九龙谷,向萧太后讨取头发。萧太后得知,立即从头上剪下头发,派人带回幽州交给公主。

四郎取出一些头发烧了服下,疾病很快就痊愈了,公主见驸马痊愈非常高兴。四郎偷偷把剩下的头发收起来,交给了孟良。孟良拿到龙发,回到客店,对焦赞说:"你先把龙发拿回去,我把事情办完后就回大营。"焦赞领命,拿了龙发连夜飞驰而去。老翁拿到萧太后的头发,与真宗胡须放在一起,按药方调好,让六郎服下。六郎只服了一剂药,便痊愈如初。

孟良偷偷来到御花园,找到九眼琉璃井,用砂石将中眼堵住。然后来到马厩,正遇上喂马的辽人在那里看守。孟良拿出假造的圣旨,用辽语说道:"太后有旨,叫我牵这匹马到教场演练。"辽人看过圣旨,就把白骥马交给了孟良。孟良骑马来到教场,假装演练了一番。看看天色已近黄昏,孟良骑马就跑出了幽州城。等到辽人知道上当,孟良已经跑出五十里地了。

第二十四回

杨宗保战桂英喜结良缘

孟良骑着白骥马,连夜跑回军中,见到老翁,告诉他已经办完两件大事。老翁不禁点头称赞道:"真不愧是杨家部下!"

老翁随即拜见真宗,说道:"杨将军的病已经痊愈,下一步,老朽要帮陛下破除天门阵。只是这天门阵变化多端,有一个条件达不到,就很难攻打。老朽请求让杨宗保协助执行。"真宗大喜,任命老翁为辅国扶运正军师,除了皇帝的禁军,所有将帅一律听从他的调遣。

军师随即吩咐,令呼延赞的儿子呼延显前往太行山,去请母亲金头马氏率领手下军队来九龙谷助战;又派焦赞前往汴京无佞府,召来八娘、九妹;再令岳胜往汾州口外洪都庄上,调回老将王贵;令孟良前往五台山,召杨五郎。军师分派完毕,大家

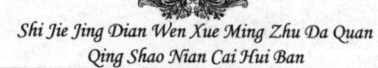

领命分头行动。

孟良奉命前往五台山,来见杨五郎。五郎说道:"上次我随你出兵回来,就一心一意皈依佛法,远离兵事。今天你怎么又来打扰我?"孟良就把要破天门阵,请求五郎相助之意说明,孟良说道:"这是国家大事,不是我个人的私事,还请将军能够下山相助。"五郎看孟良诚心诚意,为国尽忠,于是说道:"我去也可以,只是我缺少一样东西,你要帮我取来。穆柯寨的后门有两根降龙木,你把左边的那根取来,我要用它作斧柄。有了它,我就可以降伏萧天佐,不然,我就是去了也没用。"孟良一听,说道:"将军等我把它取来!"说着就离开五台山,前往穆柯寨。

孟良来到穆柯寨,正好遇到寨主。这寨主是定天王的女儿,名叫穆桂英。这穆桂英从小练得一身的好武艺,天生勇力过人,箭法精湛,手中使用三口飞刀,百发百中。这天,穆桂英正与部下打猎,见天空正在飞着一只鸟,桂英顽皮,一箭射去,小鸟应声而落。穆桂英令手下的小喽啰去把小鸟捡回来。几个小喽啰顺着鸟儿落下的方向找过去,却发现有一个人站在那里,手中刚好拿着那只小鸟。这人正是孟良。小喽啰上来就抢,孟良不知原委,动手打了起来,把几个人打得七零八落,落荒而逃。

孟良打散小喽啰,正要往前走,忽然听到后面人马的声音。孟良回头一看,只见刚才的那几个喽啰兵带着一个姑娘骑马追来。看那姑娘的装扮,孟良猜出她就是寨主穆桂英,心想:"我正要找此人,向她借用降龙木。"只见穆桂英冲上前来,举枪就刺向孟良,孟良来不及说话,舞刀迎战。二人打了四十个回合,孟良抵挡不住,心想:"我不是她的对手,还是回去和杨将军商议。"于是退步便走。谁知桂英的手下早已经堵住去路。桂英说道:"过我穆柯寨,要留下买路钱!"孟良心想军情紧急,没有办法,只得摘下头上的金盔当作买路钱。桂英命

令众喽啰放孟良过去。

孟良回到大营,见到六郎和宗保,就把到五台山请五郎的事情详细说了一遍,孟良又说:"路过穆柯寨,本来想要借取降龙木,谁知穆桂英看上去小小年纪,却很难对付,我根本不是她的对手,只好用金盔买路,才回到大营。"

宗保一听,说道:"我同你前去会一会这位穆寨主!"六郎同意,于是杨宗保就和孟良带领两千人马,来到穆柯寨。

穆桂英听到报告,随即全身披挂整齐,带兵出来应战。杨宗保原以为穆桂英是个凶恶丑陋的女魔头,谁知道眼前这位女寨主,竟然是个年轻貌美的姑娘,不禁心中一动,于是上前说道:"小将本是宋军大帅杨延昭的儿子杨宗保,正在前方和辽军交战。听说您家山后有两根降龙木,请您把左边的那根借给我,等我们破了辽军的天门阵,一定会重谢!"穆桂英看到宋军阵前的这个年轻帅气的小将军,没想到竟是杨家的后人,看他言谈举止很有风范,心中暗想:"真不愧为将门之后啊!"正要答话,谁知孟良冲上前来,对宗保大声说道:"少将军不必和她多废话,我们杀上山去,拔下降龙木,抢回我的金盔,剿灭她的山寨!"穆桂英一看是那天用金盔买路的人,不禁冷笑一声,对宗保说道:"降龙木确实有两根,只是你得赢了我手中的这把刀!"说着舞刀直冲宗保而来。宗保挺枪迎战。

二人打了三十多个回合,穆桂英故意露出破绽,拨马假意逃走。宗保乘势就追。转过山坳,突然射来一直冷箭,宗保的战马应声倒地。桂英回马杀来,将杨宗保活捉回山寨。孟良带领士兵赶来救应,山寨之上扔下木头石块,孟良等人不能近前。孟良见一时无法救出杨宗保,只得带领士兵回宋营报告杨六郎。

穆桂英回到山寨,命人把宗保押入大帐之中。杨宗保厉声说道:"既然被你抓住,要杀要剐随便!"穆桂英见杨宗保面不改色,心不跳,言辞慷慨,很有英雄

气概,不免心生爱慕,有意想与宗保结为秦晋之好。正不知如何向宗保表达此意,只听得外面喊声大震,有人来报:"外面又有宋军杀来!"穆桂英一听,披挂整齐,骑马来到山寨之外。

原来孟良带人回到大营,见到六郎,就把宗保被捉的情况报告给他。杨六郎一听,心中大惊:"没想到这个女魔头如此厉害!"正遇此时六郎身边没有大将,于是杨六郎披挂上马,亲自带兵来到穆柯寨,要大战穆桂英,救出杨宗保。

穆桂英来到阵前,见一个将军同孟良带领宋军在寨前讨战。孟良一见穆桂英,高声喝道:"你这个女魔头,赶紧把我们少将军交出来,不然,我们元帅就踏平你们这穆柯寨!"穆桂英一听大怒,挥刀上前杀来,杨六郎举枪迎战。打了几个回合之后,穆桂英想活捉宋将,于是假装战败逃走,六郎骑马就追。只听得一声弓弦响,六郎左臂中箭,翻落下马,桂英手下捉住带回山寨。孟良正要救援,山上又扔下木头石块,孟良无法救助,只得带人回宋营再想办法。

穆桂英回到山寨,考虑再三,决定让手下人向杨宗保说明自己的心意。手下人来见杨宗保,对他说:"少将军英雄盖世,我们寨主有意与您结为夫妇,不知少将军认为如何?"杨宗保见那穆桂英不仅长得如花美貌,而且武艺精湛,早已经心生爱慕,此时见桂英派人来提亲事,心中不禁暗喜:"这女子一身好武艺,我和她结亲的话,不光可以得到降龙木,说不定她还能在战场上助我们一臂之力呢!"想到这些,宗保便说道:"承蒙寨主美意,小将不胜荣幸!"

穆桂英得知杨宗保应允了婚事,非常高兴,赶紧命人摆上酒宴,自己与宗保畅饮祝贺。桂英在酒宴上对宗保说道:"将军有所不知,刚才宋军又有人前来攻打小寨,我不想与宋军结怨,于是活捉了他们的将军,现在就押在本寨。既然已经和将军结为百年之好,就应该放出那宋将才对。"杨宗保一听,说道:"不知寨

主捉到了哪位将军?"穆桂英于是派人押上杨六郎。

杨宗保一见六郎,大惊失色,赶紧命人给六郎松绑,跪倒就拜。穆桂英并不明白是怎么回事,见宗保跪倒叫爹爹,才知道自己抓住的人原来就是宗保的父亲,鼎鼎大名的杨六郎。桂英赶紧上前施礼,说道:"爹爹在上,小女刚才不知缘由,得罪爹爹,还请爹爹见谅。"杨六郎不知缘由,宗保赶紧告诉六郎,穆桂英愿意和自己结为夫妇。六郎一听,不由得心中大怒:本以为宗保被抓,怕他有生命危险,谁知他竟然在这里寻欢作乐,弄得自己一个宋朝堂堂大将军,却被穆桂英抓住,真是好没面子!于是对宗保说道:"大敌当前,你竟然只顾儿女私情,在这里与人私自结为夫妇,按军法当斩!你要么在这里把我杀掉,否则回去之后,我也要按军法处置你!"说完,气冲冲离开山寨。宗保只得随同父亲一同回到大营。

穆桂英心想:"都说杨家将英勇善战,英雄盖世,这杨六郎虽有英雄之气,却好不讲道理。我好心对待他,他却这样无礼!"心中怏怏不快。

孟良正在与老夫人商议营救六郎和宗保之事,只听有人来报,杨将军和少将军回来了。大家一阵惊喜,赶紧把二人迎进帐中。杨六郎随即命人把宗保捆起来,拉出去斩首。大家一听,大惊失色。孟良赶紧问道:"少将军身犯何罪?"杨六郎怒气未消,说道:"大敌当前之时,他贻误军情,私自与人结亲,按军法当斩!"孟良一听,心中就明白了几分,一定是宗保与穆桂英二人促成好事,于是赶紧跪倒为宗保求情。孟良说道:"少将军与穆桂英结亲,对我们与辽军作战是大有好处啊!将军难道忘了我们需要降龙木?而且那穆桂英英勇善战,是女中豪杰,正好可以助我们一臂之力啊!少将军不但没有贻误军情,而且还立了大功啊!"

世界经典文学名著大全
·青少年彩绘版·

六郎听了，觉得确实有理，可是一想到自己被儿媳活捉，简直就是脸面丢尽，这样的奇耻大辱又怎么能够忍得下！老大人见六郎执意要杀孙儿，大怒，厉声斥责六郎道："大敌当前，你却要斩杀将领，亏你还是我杨家将门之子，不知道这是军中大忌吗？"手下的人赶紧一同跪倒求情："请将军饶少将军不死，命令他取回降龙木，为我军招降穆桂英，这样也可以让少将军戴罪立功！"

六郎只得命令手下把宗保押回来，命令他速速前往穆柯寨取回降龙木，招降穆桂英。宗保领命，心中非常高兴，就和孟良带着人马兴冲冲来到穆柯寨。宗保让人禀报穆桂英，一会儿工夫，就只见穆桂英披挂整齐，带领手下人等气势汹汹来到寨外。宗保一见桂英，高兴得上前说道："随我一同回宋军大营吧！"谁知穆桂英说道："你们又来这里做什么？你们杨家是将门，我可是高攀不起。赶紧离开这里，不然我打得你们片甲不留！"说完就带人回寨了。

宗保不知道穆桂英为什么会突然这样，心中不解，想带兵回营，又怕没有完成任务，回去会被责罚，只得暂时驻扎在穆柯寨外。

孟良心想："不如对她用毒计，逼她下山。"到了黄昏时分，孟良一个人偷偷来到山寨后面，点起一把大火。当时正是九月天气，夜风骤起，霎时间烟焰冲天，满谷通红，穆柯寨一下子就处在一片火焰之中。孟良趁着寨中忙着救火的时候，偷偷砍了两根降龙木，就逃走了。

天色渐渐亮了，大火才慢慢被扑灭。整个山寨被烧得七零八落，一片凄凉。穆桂英不禁长叹一声，部下见寨主伤心，说道："大寨已经烧成这样，不如我们投奔宋军吧！寨主和杨家少将军已经有了婚约，少将军就在寨外驻扎，一直等寨主回心转意呢！"穆桂英听了，心想，既然杨宗保诚意来请，还是随他回宋营吧！于是带领寨中人马来见宗保。

宗保见桂英回心转意,非常高兴,想到降龙木一事,便要桂英先取来降龙木,然后再前往宋营。孟良赶紧说道:"降龙木我已经取来了。"穆桂英一听,就知道是孟良放火烧掉山寨,刚要发作,宗保看出问题,赶紧对桂英说道:"孟良也是为了破辽大计,再说,没有他,你还不一定会跟我走呢!"于是赶紧命令孟良拿上降龙木,赶往五台山去请杨五郎。

穆桂英和杨宗保一起来到宋营,拜见杨六郎和老夫人,老夫人见桂英不仅貌美,而且全身都带有一股子豪气,心里非常喜欢,说道:"真是个好女子啊,配得上我的孙儿!"

这时,孟良带着五郎来到大营,五郎拜见老夫人,母子相见,老夫人不禁泪流满面。一家人相见,真是皆大欢喜。

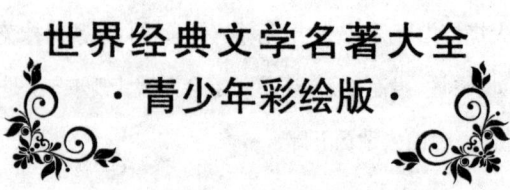

第二十五回

杨宗保显神通大破奇阵

很快,岳胜、呼延显等将领调取的各处军马都陆续来到,王贵、金头马氏、八娘、九妹等,都来到九龙谷。六郎大喜,赶紧出寨迎接。真宗皇上得知,非常高兴,命军师择日进攻辽军。军师对皇上说:"这次出征要拜杨宗保为帅,还希望陛下给宗保一个封号。"真宗随即封杨宗保为吓天霸王、征辽破阵上将军,挂上元帅大印。

宗保在军师指导之下调兵遣将。天门阵中的青龙阵最难攻破,一定要首先攻破此阵,其他各阵才能攻破。宗保首先派穆桂英率领三万精兵,前去攻打青龙阵,桂英领命而行。宗保又派杨六郎率二万精兵攻打白虎阵,杨五郎率领五万头陀兵攻打迷魂阵,另有呼延赞、金头马氏、孟良、岳胜等分别攻打太阳阵、太阴阵、长蛇阵、玄武阵等。

穆桂英首先命令手下的一万精兵带上火炮、火箭,只等与敌军交锋之时,炮箭齐发;命令其余二万精兵跟随自己从九龙谷北门攻入,绕到青龙阵的后面,在从左右两翼分别杀入。宋军刚刚进入青龙阵的铁门金锁,迎面就遇到辽将马荣带兵冲了上来。两军相交,双方士兵就厮杀在一起。穆桂英命令手下士兵向各路甬道一起进发。在青龙阵中,被布作铁须爪的四队辽兵一起冲向宋军。正在紧急之时,穆桂英命令火箭手射出火箭,一时间,几万只火箭一齐射向辽军,辽军死伤大半。此时,青龙阵中的铁闩、铁门等共十四门的辽军士兵一拥而上,扑向宋军。穆桂英英勇善战,指挥若定,宋军把十四门辽兵分别包围,各个击破。此时,青龙阵的守将马荣冲上来与穆桂英战在一处,几个回合之后,穆桂英把马荣劈于马下。辽军一见主帅被杀,顿时大乱,四散奔逃。穆桂英领兵趁机冲杀,破了青龙阵。

杨六郎率领二万精兵攻入白虎阵。辽军一见宋军攻入,顿时喊杀声四起,真是势如潮涌。辽将椿岩登上将台,手中挥动红旗指挥阵中变化。辽将苏何庆打开白虎阵阵门,恰好遇到杨六郎,两人杀在一起。打了几个回合之后,苏何庆假装战败逃走,宋军乘势一路冲杀闯进阵门。此时,忽然金台之上响起一阵敲动金锣的声音,只见阵中黄旗闪开,辽军突然变成了八卦阵。霸真公主突然带精兵冲出来,包围了杨六郎。六郎只见四处都是门,周围全是路,交错复杂,正不知如何进退,苏何庆又带兵杀了回来,把六郎困在阵中。六郎带人左冲右突,奋力出击,无奈此时辽人从台上扔下木头石块,砸向宋军,宋军根本无法近前,突围不得。

六郎正在焦急疑惑之际,一抬头看见将台上的椿岩正在挥动红旗,指挥布阵。六郎心中一动,想起那天和宗保观看敌阵的时候,宗保曾经说过,此阵中,关键是指挥布阵的红旗,如果先除掉指挥的人,此阵就不难破解了。六郎看了看四周形势,见有一个旁道正好通向将台,于是命令焦赞杀向将台。焦赞领命,大喝一声,声如震雷,带人从旁道冲向将台,镇守阵中虎眼之外的辽军将领刘珂迎面拦住去路。两人交锋,只是几个回合,焦赞手起刀落,就把刘珂砍死。只见焦赞一马当先,冲上虎眼之处,打碎了两面金锣,随后直冲将台而去,椿岩逃跑不及,被焦赞一刀劈死。焦赞挥舞大刀,劈倒指挥用的红旗,辽军失去了将令,一下子就乱了阵脚,杨六郎乘机杀散辽军,大破白虎阵。

杨五郎受命攻打迷魂阵,正好遇到辽军萧天佐挡住去路。两人打了十几个回合,萧天佐假装战败逃走,放五郎进入阵中。一时间,五百个罗汉兵杀了上了,真如凶神恶煞一般。五郎带领的头陀兵奋力拼杀,辽阵中的罗汉兵死伤过半。那杨五郎直奔将台而来,迎面却又遇上萧天佐,两人交战二十多个回合不分胜负。五郎抽出随身所带降龙棒,向萧天佐打去,一下子击中他的左肩。萧天佐受伤跌落马下,五郎上前一斧将他劈死。

杨五郎大破迷魂阵,另有呼延赞破了太阳阵,金头马氏破了太阴阵,孟良大破长蛇阵,岳胜破了玄武阵。宋军首战是旗开得胜,捷报频传。杨宗保拜见真宗,说道:"现在是需要陛下亲自率兵出征的时候了。"王钦害怕宋军取胜,赶紧上前说道:"冲锋陷阵本是各位将领的职责,何必要亲劳圣驾?况且陛下本是万乘之主,万尊之躯,你却把皇帝置于这万分危险的境地,万一有什么闪失,你能担待得起吗?"八王早已看出王钦的险恶用心,于是对真宗说道:"陛下此次御驾亲征,就是要破除这天门阵的。现在已经到了一决胜负的关键时刻,陛下如果有所犹豫,那又怎么能够激励三军将士呢?陛下一旦出驾亲临战场,敌人必定望风而逃,陛下濒临危险,也是为了国家大计啊!"

真宗听了八王一番肺腑之言,觉得很有道理,决定听从杨宗保的将令,亲临战场。于是宗保传下将令:真宗亲率士兵镇住玉皇上帝,八王殿下带兵攻打左

青龙阵，杨老夫人带兵破右白虎阵。另外孟良、焦赞等随六郎出兵攻打玉皇殿，杨宗保亲自领兵攻打玉皇正殿。众人领命带兵而去。

孟良、焦赞领兵首先冲入敌阵，一直杀到玉皇殿前。孟良夺下珍珠白凉伞，焦赞砍下日月皂罗旗。正在这时，辽将土金牛、土金秀赶到，孟良上前大战土金牛，一斧子将他劈于马下。焦赞迎战土金秀，几个回合也将他斩于马下。六郎带兵随后赶到。杨六郎搭弓射箭，射向了阵中的信号灯，四十多盏信号灯被一一射落。玉皇殿阵中的辽军失去了信号灯的指挥，很快就乱了阵脚，被宋军杀得大败。

金龙太子见阵势已乱，赶紧骑马逃跑。恰好真宗带人赶到，真宗搭弓射箭，一箭射中了金龙太子，太子跌落马下，死于阵中。杨宗保命人射出火箭，火箭射中通明殿，殿中顿时燃起大火，辽兵被烧死的不计其数。

辽军元帅韩延寿见大势已去，赶紧到辽军大营报告萧太后。韩延寿说："宋军已经破了天门阵，现在到处都是他们的士兵，太后还是赶紧回京吧！不然就很危险了！"萧太后一听，大惊失色，问道："吕军师到哪里去了？"韩延寿说道："吕军师早已经逃得不见踪影了！"太后听了，知道大势已去，只得乘坐了一辆小车，与韩延寿、耶律学古等人逃奔幽州。

这次大战，杨宗保大破南台七十二天门阵，杀死辽兵四十多万人，宋军一时间军威大振。杨宗保收军还营，把众将领的功绩一一报告了真宗。真宗非常高兴，问道："军师在哪里？我要封赏他。"宗保说道："军师早就走了。"真宗说道："那老翁一定是个世外的高人啊！"宗保又说道："辽军惨败而归，我们不如乘胜进攻幽州，一举拿下辽国都城，灭掉辽国，建立我们大宋的万世基业！"真宗说道："朕能够体察小将军的心意，只是我们的将士们此次出征的日子也不短了，

恐怕大家已经神气疲顿，再说辽军已经退兵了，我们也就暂且班师回朝，好让将士们修养整顿。至于征伐辽国的事，我们还需要从长计议。"

于是，宋军班师回京，杨六郎为前队，杨宗保为后队，真宗皇帝的车驾居于正中，三军将士向京城方向迤逦而去。这正是：

旌旗舞动军声壮，万马嘶鸣喜气扬。

很快，大队人马回到了汴京，文武百官到宫外迎接真宗车驾。真宗回到朝中，立即下令重赏伐辽将士，并设宴犒赏征北将士，杨家女将立下了汗马功劳，一时间名扬天下，威震辽邦。

随后，杨六郎安顿好母亲，依旧向皇帝请求镇守三关，真宗应允，随即任命杨宗保为监军，巡视京城。大家各自领命，前往任所。

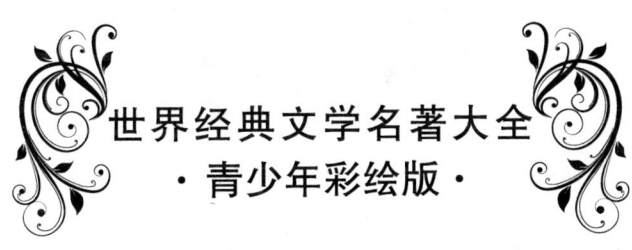

第二十六回

王枢密献奸计谋害重臣

宋军大破天门阵,给了辽国以致命性的打击。满朝文武都在欢庆胜利,唯独王钦表面装作欢喜,心中却抑郁不得志。这天,王钦回到府中,仍旧是闷闷不乐。王钦想:"我自从来到宋朝,到现在已经十八年了。本打算潜伏在宋朝皇帝身边,为辽国做好内应,帮助萧太后灭掉大宋,一统天下,自己也可以扬名显身,建立功勋。谁知道每次献计,都没有成功,反而一次比一次败得惨。"想到这里,王钦更加觉得郁闷难申。

王钦决心要想出计策,为辽国雪耻。真是辗转难眠,夜难成寐。眼见已经到了深夜,窗外月明如昼,王钦不禁思念家乡,于是他决定亲自到幽州见萧太后,向她献计。

世界经典文学名著大全
·青少年彩绘版·

第二天,王钦入朝拜见真宗。王钦说道:"自从臣侍奉陛下,陛下对臣是恩宠有加。臣蒙受陛下皇恩,却没有为国家立下半点功劳,臣实在是觉得有愧啊!这次我们和辽人交战,辽军惨败而归,一定害怕我们天朝大国的天威。如果陛下能够接纳辽国投降,他们一定会愿意归降我们大宋天朝。不如让臣前去说服萧太后,投降大宋。臣也算是为国家出一点点力,来报答陛下对臣的知遇之恩!"

真宗听了王钦的一席话,并不知道他是虚情假意,信以为真,于是答应了他的请求,命令武军尉周福同枢密使王钦一起,前往辽国劝说萧太后投降。

二人得到命令,就带上真宗写好的纳降文书,一同前往幽州。走到半路的时候,出现了岔路。王钦问周福:"我们该走哪条路?"周福说:"两条路都可以到达幽州,只是一条经过三关寨,这条路比较近;另一条就是要渡过黄河,绕路前往幽州,这条路比较远。我们还是走近路吧!"

王钦心想:"我以前一直加害杨六郎,他对我早就恨之入骨,如果走三关寨这条路,一定会被他捉住。我还是想个办法,渡黄河吧!"于是他对周福说:"不好了,我刚刚发现有一份重要的文书竟然忘了带,你先往前走,我回去取回文书,随后就到。"周福不知是计,就答应了。

王钦一个人骑马向黄河方向走,很快来到太原府。镇守太原的官员薛文遇听说枢密使大人来到,赶紧出城迎接。薛文遇问道:"不知枢密使大人为何事来到太原?"王钦就把前往辽国招降萧太后的事告诉了薛文遇,并要求薛文遇为他准备船只,渡他过河。薛太守很快就调拨了船只,把王钦渡到黄河北岸。王钦上岸之后,一路快马加鞭跑向幽州。

周福带领人马一路向幽州进发。快到三关地界的时候,被杨六郎的巡逻兵

拦住。原来,八王对王钦早就心生怀疑,这次听说王钦前往辽国,知道不会有什么好事情,就暗地里派人通知杨六郎,让他严加巡逻,注意提防。巡逻的士兵一见周福等人,就上前拦住问道:"你们是什么人?"周福说道:"钦差王枢密奉皇帝之命前往辽国。你们是什么人,敢来阻拦我们?"士兵一听说是王枢密,马上就把周福捆了起来,押到六郎山寨。

六郎一听说抓住了王钦,非常高兴,心想:"王钦当年是我介绍给皇上的,没想到他竟然是个奸佞小人,在皇帝面前搬弄是非,多次陷害忠良,谋反作乱。现在落到我的手上,一定不会轻饶了他!"这时,手下人把周福押上来,周福一见,大帐之内,刀枪密布,吓得面如土色,哑口无言。

杨六郎一看,抓来的并不是王钦,大怒:"这人不是王钦,你们竟然敢谎报军情?"手下士兵吓得赶紧跪倒说道:"是他自称是王枢密,小人并不认识啊!"周福一听,要抓的不是自己,才敢说话:"将军饶命,我不是王枢密,我是周福。"六郎问他来此地做何事,周福说道:"皇上命小官随同王枢密前往辽国,招降萧太后。王枢密说他忘了拿重要的公文,让我先走,他随后就到。"

六郎一听就笑了,说道:"哪里会有什么忘掉公文的事?分明是脱身之计!他一定是害怕我会抓他,想办法逃脱了。"随即又对周福说:"你还记得当年河东交兵的事吗?我们本来就是旧交,你不必害怕。"于是下令款待周福,当晚留他住在寨中。第二天,六郎派人送周福出三关,前往幽州。

那王钦骑着快马,一路快行,早已到了幽州。王钦入朝拜见萧太后,萧太后一见王钦,真是怒发冲冠,拍案骂道:"你这个奸佞小人!我本以为你为大辽效忠,每次都相信了你的鬼话,谁知你谎报军情,让我们吃尽了苦头,你竟然还敢来见我!来人,给我推出去,把他碎尸万段!"

耶律休哥赶紧上前劝道："陛下息怒。王钦这次来幽州，不知是为了何事，陛下不妨听他把话说完，再杀他也不迟啊！"萧太后命人把王钦放开，容他说话。王钦惊魂未定，半响才定了定神，说道："臣自从到了宋朝，不是不为陛下尽力，只是一直没有遇到更好的机会。这次，宋朝皇帝想要大辽投降，我想趁此机会，和陛下共同商议对付宋朝的策略。"

萧太后一听，转怒为喜，说道："你有什么办法，说来听听。"王钦说道："现在宋朝能征善战的将领都在镇守边疆，朝廷中只有十大文臣。陛下您可以给宋君回信，就说王钦地位太卑微，不能胜任此事。需要朝中重要的大臣，来到九龙飞虎谷，大辽才肯投降，并交出辽国的地图。等这些朝中重臣一到，陛下就可以把他们囚禁起来，再派使者通知宋君，要挟他分一半天下给陛下。宋真宗以大臣为重，一定会答应陛下的要求。那时候，我们再考虑进兵大宋，一定会成功的。"

萧太后觉得有道理，就给真宗写了回信，让王钦带回宋朝。王钦辞别了萧太后，离开幽州，半路上正好遇到周福。王钦对周福说带回来了萧太后的回信，周福很高兴，就同王钦一起渡过黄河，回到汴京。

王钦拜见真宗，说道："恭喜陛下，萧太后愿意归降于陛下，同意献出辽国地图。只是这样的大事，臣职位卑微，还需要我们朝中的十大朝官，前往九龙飞虎谷前去受降，才显得隆重正式。"真宗一听，非常高兴，随即下令朝中十大文臣前往九龙飞虎谷，接受萧太后的献图。

朝中的重要大臣，寇准、柴玉、李御史、赵监军等得到真宗旨令，都来到八王府商议。寇准说："这肯定是奸人的计策，我们去了肯定会遭遇不测。"柴玉说道："这一点大家都很清楚，只是这是圣上的旨令，我们又怎么能违抗呢？"大家议

论纷纷,都没有万全之策。八王说道:"众位大人不要忧虑,我们前往九龙飞虎谷,一定会经过三关寨。我们见到杨将军,可以向他借兵保护我们前去。"寇准一听,大喜,说道:"有杨将军保护,我们肯定无忧啊!"众位大臣都高兴而退。

第二天,十大朝官入朝向真宗辞行。真宗说道:"各位大臣,你们这次出行,是为了国家大计,一定要谨慎行事!"八王等人领命出朝,离开汴京,一路向三关寨方向进发。六郎得知消息,早已派孟良、焦赞带人在半路迎候。

八王等人快到梁门关的时候,正遇到孟良、焦赞,六郎听到汇报,亲自迎出寨外。大家来到寨中,六郎命人摆酒设宴,为众位大人接风洗尘。大家畅饮之时,六郎问道:"不知殿下与众位大臣来此地,为了何事?"八王说道:"这次前来,是为了和将军商量一件事。"就把情况向六郎说明,八王说道:"我们这些文人前去九龙飞虎谷,岂不是羊入虎口?我想在将军这里借兵,护送我们前往,也好让奸人的计策破产。"

六郎说道:"一定是王钦这个奸贼的主意!前些天,我本来想趁他经过此地的时候除掉他,谁知这奸贼老奸巨猾,渡过黄河去了幽州,让他逃了过去。现在各位大人前往九龙飞虎谷,我一定会派人保护大家!"文臣们听了非常高兴,于是大家尽欢而散。

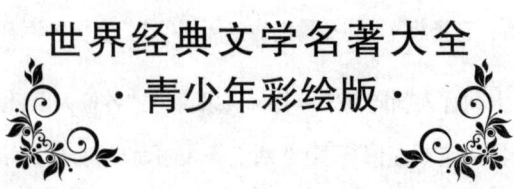

第二十七回

宋朝官议和平深陷绝地

  杨六郎派兵遣将,保护十大朝臣前往九龙飞虎谷。六郎召集来孟良、岳胜、焦赞、林铁枪、宋铁棒、姚铁旗、董铁鼓、丘珍、王琪、孟得、陈林、柴敢、郎千、郎万、张盖、刘超、李玉等二十余人,吩咐说道:"这次出行必定会动干戈,你们一定要谨慎小心,务必要保证各位朝臣的安全。"岳胜说道:"如果辽兵认出我们,产生怀疑不来投降,那岂不是误了大事?"杨六郎说道:"我有一个计策。你们都装作是大臣的随从人员,每人挑着一个箱子,箱子里藏好武器,上面用衣服盖上。再用两节竹筒,上节盛满水,下节用来藏枪棒。辽人要是问起,就说是带的饮用的水。如果没有意外就罢了,如果遇到不测,就随机应变。"岳胜等人领命而行。

  第二天,八王等人告辞杨六郎,从三关寨出来,前往九龙飞虎谷进发。此时正值初冬天气,寒风拂面,落叶飘飞。十大朝官一路行来,就只看见大路两旁白骨累

累,断刀残枪到处都是,可见当时战争的惨烈。有诗为证:

两岸犹存战血红,当年豪杰总成空。

行人于此重嗟问,惆怅西风夕照中。

八王不禁叹息说道:"当年后汉、后周在这里交兵,百姓们受尽了苦难。只有国家安宁,四海和平,百姓才能生活安定啊!希望这次议和,我们能够和辽国达成协议,我们的边境也就可以安宁了!"大臣们纷纷点头表示赞同。

辽国萧太后任用耶律学古为行营总管,率领一万精兵来到九龙飞虎谷,在正北方向安下营寨,命令士兵在远处埋伏。第二天一早,耶律学古就在附近一带察看地形,只见山谷四周都是悬崖峭壁,只有靠东方向有一块平地,可以容纳五六百人。耶律学古心中暗想:"此地真是绝地啊!简直就是一个口袋,我要在平旷的地方摆酒设宴,只等大宋的朝臣来钻我这个口袋。"

耶律学古回到营寨,有人来报:"宋朝十大朝官已到。"耶律学古亲自来到寨外相见。八王与耶律学古相见,互相在马上施礼。学古说道:"阵前不是议和的地方,明日,我们请各位大人到军中商议纳降文书。既然是议和,就请各位大人不要带武器,否则,就是没有诚意。"八王应允,在正南方向安营下寨。

第二天,耶律学古在帐中摆下酒宴,帐外早已埋伏好精壮士兵,只等大宋朝官来赴这鸿门宴。时间不长,只见八王等人来到,身边的随从也是文人打扮,没有人随身带有武器。耶律学古心中暗自高兴,心想:"这次,我保管叫你们有来无回!"

双方互相施礼,耶律学古把宋朝大臣迎进大帐,大家按位次坐好,随从就站在大臣们的身后。八王说道:"萧太后肯归顺大宋,而且还能作辽地之主,对

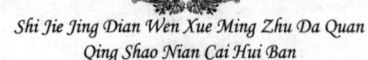

我们两国来说,都是好事啊!从此我们宋辽边境上就再也没有战争,实在是两国百姓的福气啊!"耶律学古笑着说:"我们萧太后早就有和平的意愿。请各位大人暂且饮酒,议和的事,我们慢慢来谈。"于是,军中奏起音乐,大家饮酒谈笑。

饮酒正在兴头上,耶律学古说道:"我们光这么喝酒有点沉闷,不如让辽将帐前舞剑来助兴。"八王说道:"我想我们不是来赴什么鸿门宴,况且昨日说好酒宴上不带兵器,现在怎么又来舞剑?"不等八王说完,辽将谢留已经应声而进。谢留手拿长剑,走进大帐,在宴前舞动。只见剑光闪动,寒气逼人,内中藏有无限杀机。孟良站在八王身后,一看情况万分危急,连忙走上前去,说道:"辽兵会舞剑,我们大宋也有壮士,我来和他一起舞。"随即伸手夺过旁边侍立的辽将的长剑,和谢留对舞。

耶律学古见孟良一脸的英气勃发,志气昂昂,心中暗想:"此人肯定不是一般的随从,武艺肯定不一般。还是不要和他相斗。"于是说道:"舞剑也没有什么好玩的,我们还是射箭吧!"孟良问道:"是要走马射箭,还是要穿杨射?"耶律学古大笑,说道:"走马穿杨,那有什么稀奇的!没什么意思。我们来点新鲜的。"孟良问道:"怎么样才叫新鲜?"谢留说道:"把活人绑在柱子上,连射三箭,谁能避开对方射来的箭谁就赢了。"八王一听,心中倒吸一口冷气:"这不是明明白白地要杀人吗?"刚要阻止,只听孟良说道:"那好啊,我还从来没有这样试过,一定很有意思!我们谁先射?"谢留说道:"我先射。"朝官们一听,大惊失色。八王还不及阻止,只听孟良慨然说道:"那好吧!"

孟良主动走到柱子前,让人把自己捆在了柱子上。只见谢留手执硬弓,拉弓搭箭,只听一声弦响,那箭瞬间便向着孟良的脑门直飞而去。眼看就要射中

孟良眉心,大家把心都提到了嗓子眼:这一箭射中,孟良就没命了。却只见孟良把头轻轻一闪,那支箭就不偏不倚,正中孟良身后的木柱子中心。孟良刚刚正过头来,只见第二支箭直奔咽喉而来。大家的心刚刚落下,就又随即提起,眼看孟良无法躲过,谁知那孟良把嘴一张,一下子就把箭叼在口中。大家正要松口气,第三支箭已经直冲孟良腹部飞去。大家心想,这次可是完了:孟良手脚都被捆住,身体也无法动弹,怎么能够避开这第三支箭?眼见这支箭就要射中孟良,八王痛心不已,不忍观看。耶律学古在一边心中暗喜。没想到那支箭射中孟良腹部之后,却弹了回来,落在地上。孟良毫发无损。原来这孟良带有护心镜,护住胸腹,刀箭根本无法侵入。

十大朝臣大喜,禁不住大声喝彩,手下人连忙上前解开孟良。孟良冲着谢留说道:"将军把你的弓箭借我用一下吧!"谢留有些胆怯,孟良怒目而视。谢留无奈,只得把弓箭交给孟良,岳胜上前把谢留捆在柱子上。孟良拉开硬弓,谢留吓得闭上双眼。孟良一箭射出,故意没有射中。谢留睁眼一看,见孟良把箭射偏了,心中不免得意,脸上现出不屑的神色。孟良乘其不备,射出第二箭,直冲咽喉而去,谢留来不及躲闪,被射中咽喉而死。

耶律学古一见自己弄巧成拙,本想射死孟良,没想到谢留被射死,恼羞成怒,大喝道:"你们是来讲和的,怎么又杀死了我们的将领!"于是趁机下令手下人捉拿宋人。埋伏在帐外的辽兵五六百人,手拿兵器,迅速冲出。岳胜、焦赞等早有防备,打开随身携带的箱子、竹节,取出兵器,大战辽兵。耶律学古见宋人早有防备,赶紧抽身退去,剩下的辽兵被孟良、岳胜等人杀得七零八落,纷纷逃走。

孟良等人见辽人退去,赶紧保护着众位朝官离开。刚刚跑到山谷出口,就听见几声炮响,只见辽将韩君弼带领伏兵冲出来,横在谷口,挡住了他们的去

路。岳胜一见此地地形,四面绝壁,只有这一条山谷可以出去,心想:"必须冲出去,不然就会被困死在这山谷之中。"于是带领众人奋力拼杀。辽军抵挡不住,就从山上扔下木石,砸向宋人。岳胜等人不能近前。八王看看四周,只见山崖壁立,后无退路,前有敌兵,真是绝境啊!不禁长叹,正是:

虎落深坑无计出,龙入铁网难腾空。

寇准见八王忧闷不已,上前劝慰说道:"殿下不要过于忧虑。我们来的时候就已经预料到会有不测,如今我们也只能暂时忍耐,慢慢商讨脱身之计。"八王说:"寇大人说得有道理。可是眼看我们的粮草就要用完,不知道什么时候才会有援兵相救,如果辽人乘机攻打,我们也就只能是坐以待毙了!"孟良见八王担忧,上前说道:"殿下不必太担忧,等辽兵稍稍放松戒备,我就偷偷溜出山谷,赶往三关寨,搬取救兵。"八王听了,心中焦虑才稍稍有所缓解,看辽军并不进攻,于是命令让大家坚守戒备,等待援兵来救。

耶律学古把宋朝重臣困在山谷,并不出兵攻打。部下张猛说道:"大人为什么不赶快出兵攻打?如果宋朝得知消息,一定会有援兵来救应。"耶律学古说道:"将军虽然勇猛,但是还缺少谋略。保护这些大臣的宋将虽少,但都是胆识过人。我们不能轻易进兵。还是派人报告萧太后,让朝廷速派军队来接应。"

耶律学古派人赶往幽州,把情况汇报给萧太后。太后闻听很高兴,但是听说耶律学古要求派兵接应,不免忧愁。耶律休哥见太后有为难之色,于是问道:"太后为何忧虑?"萧太后说:"自从上次天门阵兵败,我们辽国能征善战的将领大都阵亡,哪里还有什么将领能够前去九龙飞虎谷接应呢?"

辽国此时确实是国力衰微,朝中无将可派,耶律休哥不禁心内怅然。

第二十八回

杨家将救朝臣大战辽兵

萧太后正因为朝中无将可派而忧心忡忡,忽然有人站出来说道:"臣一直受到陛下恩宠,还从来没有机会报答,请陛下命臣带兵前往九龙飞虎谷。"大家一看,原来是驸马木易。萧太后非常高兴,随即封木易为保驾先锋,率领女真、西番、沙陀、黑水四国人马,总共十万精兵,前往九龙飞虎谷。木易领命而行。

第二天,萧太后的车驾离开幽州,大队人马浩浩荡荡,向九龙飞虎谷进发。很快,大军来到九龙飞虎谷附近,耶律学古早已经在半路上迎驾。萧太后一见耶律学古,非常高兴,说道:"这次我们困住了宋朝十大朝臣,抓住他们,就可以来要挟宋君答应我们的条件,我们大辽就可以雪洗天门阵的耻辱!"

辽军分两队驻扎:耶律学古统帅女真兵、西番兵在正北扎下大营;驸马木易统帅沙陀兵、黑水兵在西南安营扎寨。摆出一副长期作战的架势,大有要困死宋军之意。

驸马木易在西南扎好营寨。这天晚上,木易巡视了一下自己驻守的大营,回到军帐之外。站在帐外,遥望南方,木易只觉微风拂面,他仰望天上星斗,想到了家乡的亲人。想想自己离开家乡,流落到辽国,已经是十几年了。十几年,不知道自己的老母亲如今是什么样子,也不知道自己何时才能回到自己的国土。想到这里,木易不禁长叹。木易心想:"辽国这次出兵,气势非凡,大有不雪前耻不罢休的架势。宋朝朝臣被困在山谷之中,如果粮草用尽,就很难等到援兵来救了。"想到这里,木易非常担忧,必须得想个办法,先救助一下他们。

木易转身回到大帐之中,写下一封密信。然后把密信绑在箭头之上,自己趁着深夜月黑之时,偷偷来到山谷谷口之处,把带有密信的箭射向宋人被困之处。然后又秘密派出自己的心腹,把二十车粮草放在山谷黑暗之处。

孟良等人被困在山谷之中已经有二十多天了,本来打算趁辽人松懈之时,冲出去回朝廷搬兵,谁知辽人守卫不但没有松懈,反而又派来了大队人马。眼看谷中的粮食就要吃尽,孟良不知如何应对。孟良心中怅然,于是在黑夜之中,望天长叹。突然间,一支冷箭射了过来。孟良大惊,心想:"这箭必定有蹊跷。"于是走过去,捡起那只箭来一看,发现箭尾处竟然有一封信。孟良不敢怠慢,赶紧把此事报告了八王殿下。

八王把密信看完,脸上现出惊喜之色。孟良不知道密信中讲些什么,很是纳闷。八王高兴地说:"我们有粮草了!"于是命孟良带人到山后察看,果然找到了二十车粮草。孟良等人趁着天黑把粮草运回来,这些粮草足足可以吃上一个月。

八王说:"粮草的问题解决了,我们还是要想办法通知朝廷,速派援兵来救我们。"孟良说道:"小人去朝廷搬兵求救。"八王嘱咐孟良说道:"你一定要谨慎行事。"孟良遵命。

孟良化装成辽国人的样子,辞别了八王,从山后的小路偷偷溜出,刚走了一里多地,就被巡逻的辽军哨兵发现了。孟良奋力拼杀,还是被辽人捉住了。辽国士兵把孟良捆绑了带到木易的大帐。木易一见孟良,就冲他大声喝道:"我派你速回幽州见公主,报告重要情况,你怎么这么无能,反倒被自己人抓了回来!"孟良一听,就知道木易是在保护自己,于是就假装惭愧,低下头说:"只因为天黑路生,小人贪图走近路,没想到走错了路,才被抓住的。"木易假装生气,说道:"真是个没用的东西!还不赶紧到幽州去找公主!别误了我的大事!"手下的人一听,赶紧给孟良松绑,放他出去。

孟良走出辽营,心想:"如果前往三关寨,路程比较远,而且杨六郎出兵来救,还需要上报朝廷,这样势必会耽搁很久,只怕被围困的朝臣不能久等。不如先到五台山,请杨五郎出兵救援。"于是孟良直奔五台山而来。

孟良来到五台山,见到杨五郎,把大宋十大朝臣被困在九龙飞虎谷,亟待救援的情况向五郎说明,然后请求杨五郎出兵救援。杨五郎沉吟半晌,说道:"孟良啊,我和你不是冤家啊,你怎么总是跟我过不去呢?我是出家人,不想沾惹尘世的是是非非。你却几次三番来找我,让我惹上兵家之事。你到底想要我怎么样?"

孟良说道:"五将军不要生气,我孟良来求您出兵相救,并不是为了我个人的私利,而是为了我们大宋的江山基业啊!您要是见死不救,决意不去,那我也不勉强。"说着就要告辞。五郎见孟良言辞恳切,就说道:"看你是为国尽忠,我就再帮你这一次吧！"

原来五台山靠近关西，这关西有很多凶顽之徒，有些犯了死罪的亡命之徒跑到五台山避难，杨五郎就收留他们出家为僧，先后聚集了一千多人。这些人个个凶猛异常，所向无敌。杨五郎决定前往九龙飞虎谷救助宋臣，便即刻命令手下一千多人，装备整齐，向九龙飞虎谷进发。

孟良辞别了杨五郎，连夜赶往三关寨，报告六郎。杨六郎得知朝臣被困，一面命令孟良赶紧进京奏明皇上，一面即刻出兵前去救援。孟良领命，昼夜兼程，赶到汴京拜见皇上。真宗一听，大惊，问孟良道："朝臣被困了多长时间了？"孟良回答说："将近一个月了。本来粮草已尽，恰好杨延朗带辽国部队赶到，秘密送给我们二十车粮草，所以各位大人暂时没有生命危险。现在三关寨的杨将军已经带领军队前往救援，希望陛下再发兵前往。"真宗问道："哪位将领愿意带兵前往九龙飞虎谷救助朝臣？"吓天霸王杨宗保上前说道："臣愿意带兵前往！"真宗非常高兴，于是命令老将呼延赞为监军，杨宗保为先锋，点兵五万即刻向九龙飞虎谷进发。

杨老夫人听说杨宗保要带兵出征，就派八娘、九妹一同前去，助宗保一臂之力。于是，众将整装齐备，孟良为前队，宗保为中队，呼延赞率领大军为后队，大军浩浩荡荡，一路前行，只见：

刀剑闪闪万马嘶，英雄赫赫战刀锋！

萧太后很快得到报告："宋军长驱而来。"萧太后赶紧召集耶律学古等人商议对策。耶律学古说道："陛下不必惊慌，我们这里有四国的军马，还怕他宋军吗？看臣明日与宋军交战，一定能够打败他们！"萧太后说道："你还是要谨慎从事。"

正在说话之时,有人来报:"杨五郎带兵来到!"耶律学古率领部下列阵迎敌。远远看去,只见旌旗之下有一员猛将,正是杨五郎。辽阵中冲出一将,原来是女真国王胡杰。胡杰杀向五郎,五郎手举大斧迎战。二人打了几十个回合,胡杰败退,拨马便走。五郎带兵追了上去。此时北阵王黑虎手持方天戟,带人杀了过来,把五郎的部队分成了两段。辽兵随即分兵包围了他们。

五郎陷入了敌人的包围,四下里都是辽兵,五郎冲杀不出来。正在危急之时,忽然西南方向扬起征尘,一时间金鼓齐鸣,一队人马杀了过来,原来是杨宗保同八娘、九妹赶到。八娘一马当先,冲上前来。迎面正遇上王必达,两马相交,打了几个回合,九妹就率兵从旁边向辽兵进攻,王必达拨马逃走,九妹乘势追了上去。快要追到山谷谷口的时候,只听一将厉声喝道:"逆贼赶紧投降,免得丧命于此。"原来是大将呼延赞赶到。呼延赞拦住王必达,两个人打了几个回合,王必达就被生擒活捉。

孟良杀入北营,正好遇到沙陀国陈深带兵赶到,两马相交,没有几个回合,只听孟良大喝一声:"贼兵,你跑不了了!"一斧就把陈深劈落在马下。

杨宗保命令后军追击辽兵。八娘奋勇争先,迎住胡杰交锋,只见八娘抛起红绒套索,把胡杰牢牢套住,手下士兵赶上前来,捉住了胡杰。杨五郎勒马杀回,手下的僧兵用刀斩落王黑虎的马脚,王黑虎一下子就被掀落在阵中,宋军士兵一齐向前抓住了他。

耶律学古一见大势已去,赶紧跑到营中报告萧太后说:"陛下赶紧撤退!宋兵非常英勇,四国将帅都已经覆灭了。"萧太后听了,大惊失色,赶紧骑上战马,耶律学古与张猛拼死救护萧太后离去。杨宗保带兵追击而来。

萧太后正在往前逃走,山坡后突然杀出一支军队,原来是杨六郎带兵长驱而来,辽兵一见,哪里还敢再战,纷纷弃戈而逃。萧太后仰天长叹:"今日是我命绝之日,你们众人好自为之吧!"说完,就要拔剑自刎。耶律学古赶紧劝住:"陛下不要慌张,在幽州我们还有几十万雄兵,可以御敌。陛下千万不要走自绝之路啊!"张猛带兵阻住宋军,萧太后同耶律学古向邠谷方向逃去。

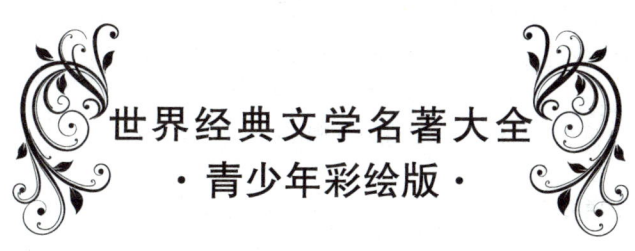

第二十九回

杨延朗作内应大破幽州

杨六郎带兵杀了上来,张猛上前迎战,没打几个回合,六郎一枪刺去,就把张猛刺死在马下。张猛手下的辽兵,都四散奔逃。杨宗保带人赶到,和杨六郎合兵一处,正要乘胜追击,木易骑马赶了过来。木易对六郎说道:"六弟应该赶紧调回人马,先到山谷中救出朝臣。幽州还有很多精壮辽兵,你们要乘胜追击,一举攻破幽州,以免除后患。我先回幽州,在辽国内部作你们的内应。"六郎于是放木易军马杀过去,自己带人冲进山谷,救援朝臣。

此时韩君弼听到辽军战败的消息,赶紧撤围逃走,正好遇到孟良一马当先杀过来,二马相交,孟良一斧就将韩君弼砍死。谷中的岳胜、焦赞等乘势杀出,辽军战死的士兵不可胜数。杨六郎救出了十大朝臣。

这一战,辽兵惨败,损失掉四国人马共十二万,丢弃辎重牛马不可计算。正如诗中所说:

辽兵惨败尸交横,断戟残戈日半晾。

过客莫言当日事,马蹄余血下荒坟。

八王和众位大臣见到六郎,真是不胜欢喜。八王说道:"将在外,君命有所不受。萧太后屡次威胁我大宋边境,我们应当灭掉辽国,以除后患。将军不妨乘破竹之势,直捣幽州,灭掉辽邦。"六郎说道:"我正有此意。四兄对我说,幽州精兵还有很多,他来作我们的内应。我们可以乘势一举攻破幽州。"八王说道:"任凭将军调遣,朝廷如果怪罪,自有我来担当。"六郎于是命令岳胜、孟良、焦赞带兵先行进军,八娘、九妹、杨宗保为前后救应,呼延赞为监军保护朝臣。分派完毕,岳胜等率兵长驱而进。

萧太后逃回幽州,心中无比忧愤。耶律休哥对太后说:"胜败本是兵家常事,陛下不必过于忧虑。幽州城中的粮草,够我们吃上十几年;城中的精兵猛将,不下数十万。宋军如果再来侵扰,我们就与他们决一雌雄,谁胜谁败还不一定呢!"萧太后说道:"四国的兵马,已经丧失殆尽,只靠我们自己的力量,哪里打得过大宋啊?不如投降宋朝,也可以免去百姓的征战之苦。"张丞相说道:"陛下怎么能够因为一次失败就灰心丧气呢?大辽自建国以来,一直让中原人仰慕惧怕;现在我们虽然一时挫败,但是我们的势力还足以称霸中原。等宋兵再来,臣等背城一战,一定为陛下报仇雪恨!"

正在说话的时候,有人来报:"驸马木易回来了。"萧太后宣木易入朝。问道:"我正在为驸马担忧,不知你是否遇到宋军的袭击?"木易说道:"臣驻扎在西南大营,困住十大朝官。听说我军战败,正要带兵救助,谁知山谷中的宋军乘势杀出,谷外又有杨六郎带兵攻打,臣腹背受敌,奋力杀出,所以回来晚了。"萧太后问道:"如今宋军动向如何?"木易答道:"听说要来围困幽州,请陛下提早提防。"

忽然有人来报:"宋军大队人马赶到,已经包围了幽州城。"萧太后不禁大惊失色。木易说道:"太后不要忧虑,凭着我们这些将领,一定能够把宋军打退。"萧太后说道:"你们一定要尽心尽力,杀退宋军,我有重赏!"木易领命退下。

木易带人来到城头一看,只见四下里都是宋兵,里三层外三层,把幽州城围了个水泄不通。辽军士兵一看,禁不住胆战心惊。木易下令上万户、乐义领兵先出城作战。上万户领命。

第二天一早,上万户带兵杀出城外。正好遇到宋将岳胜,岳胜大声喝道:"垂死之将,还不快快投降?"上万户骂道:"你们深入到我们的地盘,死在旦夕,还说什么大话?"随即舞刀跃马,杀向岳胜。岳胜举刀迎战。二马相交,战了不到两个回合,下万户、乐义、乐信等人带兵从旁边攻打过来。岳胜抵挡不住,拍马退走。辽兵乘势进攻。木易带人从后面冲上来,大喝一声:"辽将慢走!"手起一刀,斩乐信于马下。乐义大惊,没想到木易会杀死辽将,一时间措手不及,岳胜趁机拨回马头,举刀把乐义砍为两段。孟良、焦赞率兵杀过来,顿时喊声大振,上万户被孟良所杀,下万户被乱马踩踏而死。木易带人率先杀入,宋军随后杀进城中。

幽州城中一下子就乱了套,百姓吓得四散奔逃。有人报入宫中,萧太后听说宋军已经杀进城内,心想:"我本是一国的太后,如果被宋军擒获,真是不胜羞辱;不如自尽,以免被人玷污。"于是走入后殿,解下戏龙绦,自缢而死。正是:

可怜辽国萧君后,今日宫中自缢亡。

这时,四郎杨延朗进入禁宫,刚好遇到琼娥公主走出来,公主说:"驸马快走!太后已经自己吊死了,四下里都是敌兵。"杨延朗说道:"公主不要慌张。我是杨令公的第四子,木易是我的假名,我真名叫杨延朗。承蒙公主对我厚恩,我绝对不会伤害你。"公主听了,不禁泪如雨下。延朗说道:"公主如果肯随我回中原,我们就一起走;如果不愿意,我也不会强求公主。"公主说道:"国破家亡,驸马肯念我们夫妻之情,带我一同回去,我哪里有不同意的道理?"延朗大喜,随即带着公主,当先杀出。

迎面遇到耶律学古走进殿庭,延朗厉声喝道:"逆贼站住!"耶律学古没有提防,被杨延朗一刀斩杀。耶律休哥听说宋兵入城,剃掉自己的胡须头发,从后门越城逃走了。

杨六郎很快占领了幽州城,俘虏了辽国太子,捉到了张华等辽国大臣共四十九人,辽将三十六人。杨六郎命人把抓到的高级官员全部用槛车囚起,押解回汴京。八王等人进入城中,问起萧太后的下落,有人报告说:"在后殿自缢而死。"此时杨延朗来拜见八王。八王说道:"今日平定幽州,将军立了大功。等回到京城拜见圣上,我一定为将军请功。"延朗拜谢八王。

幽州已经平定,八王下令张榜文,告诉辽国各个地方政府,要保持一方的稳定。大辽的各个郡县听说幽州已经被攻破,都纷纷归附大宋。八王在幽州宫中大摆筵席,犒劳各位将领,众人尽欢而饮。杨延朗向八王请求说:"我有一件事要请求殿下,希望殿下能够答应我。"八王说:"将军有什么要求就请直说。"延朗说道:"自从我来到辽国,萧太后有恩于我。现在她已经死了,就请殿下同意,让我将她的尸骨埋葬。也算是我报答她老人家的大恩吧!"八王说道:"将军真是重情义的人啊!"

于是八王一面向朝廷申报,一面下令将萧太后的尸首用王后的礼节来安葬。后人感叹杨延朗的品行,写诗赞叹:

盛德于人将德报,杨门豪杰几人同?

片言深仰番庭慕,为筑封茔一念忠。

幽州渐渐平定下来,八王决定班师回京,于是命令大军离开幽州,前往汴京。一路之上,战马扬起红尘,旌旗随风飘舞,三军将士洋溢着胜利的喜悦,护送着八王以及其他朝廷重臣的车驾,浩浩荡荡直奔汴京而来。

这一天,大队人马来到汴京城下,真宗早已经得到朝官即将回京的消息,就派遣文武官员出城迎接。文臣孙御史见八王带领军队来到,赶紧迎上前来,向八王施礼,二人寒暄几句,并肩进入京城。杨六郎带领人马驻扎在汴京城外。

第二天一早,八王带领众位大臣上朝拜见真宗皇帝。八王向真宗献上平定辽国的表章。十大朝臣为了国家大计,不幸被困在山谷绝壁之处,受尽了惊吓,经受了百般的磨难,终于死里逃生。获救之后,竟然一举攻占了幽州。这令真宗皇帝惊喜万分,于是龙颜大悦,对各位大臣安抚慰问,对他们的胆识与魄力倍加称赞。

寇准上前说道:"杨家父子兄弟一心为国,忠心耿耿,为国家立下了汗马功劳。这次平定幽州,灭掉辽国,杨家将又立下大功,希望陛下能够对他们加以封赏。"真宗说道:"朕一定会对他们大加封赏!所有立功将士,朕都要重重封赏!"

杨延朗和杨六郎一起回到无佞府,拜见老夫人。亲人见面,悲喜交加。杨延朗看到母亲已经是白发苍苍,有垂老之色,不胜感慨,不禁掉下泪来。延朗跪

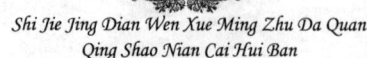

倒在母亲面前,说道:"不肖的儿子四郎拜见母亲大人。那年邠阳一战,我被困在订国,被迫隐姓埋名,这一去就是十八年。十八年,儿子没有在母亲身边尽过一天孝,真是惭愧啊!十八年,儿子回来了,母亲您的鬓发却已经斑白了……"说着,便已经是泣不成声。

杨老夫人拉住延朗说道:"我儿不必如此自责,为国家征战,背井离乡也是必不可免的。况且人生本来就难以预料,虽然我儿孤独漂泊了十八年,但是我们母子今日能够再次相见,也算是人生中的大幸啊!"杨延朗于是转悲为喜,随后让琼娥公主过来拜见老夫人。老夫人见到公主非常高兴,连连夸赞公主温柔端庄。于是老夫人命人摆酒设宴,一家人畅饮欢聚,欢庆团圆。欢庆过后,杨五郎带领手下众人,依旧回五台山去了。

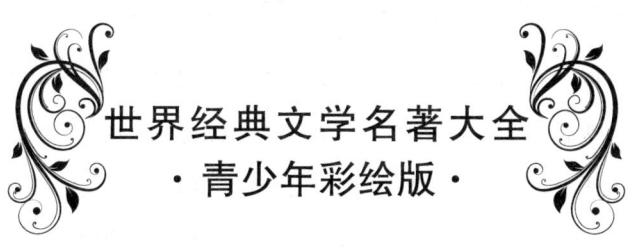

第三十回

宋真宗诛王钦封赏功臣

枢密使王钦听说了幽州被宋军攻破的消息,大惊失色,整日惶恐不安。又有消息报来,说萧太后已经自缢而死,辽国太子等人都已经成了宋军俘虏。王钦觉得自己大势已去,他心想:"这次朝臣被困,完全是因为我的主意,八王回来肯定不会饶了我,还是赶紧想出保全之策。"他左思右想,也没有什么办法。他知道自己已经不可能在大宋朝廷内安身了,必须赶紧逃跑。主意已定,王钦赶紧乔装打扮,假扮成一个云游的道士。此时,有人来报:"八王等人已经回到汴京。"王钦一听,慌忙连夜逃走。

真宗得知王钦失踪的消息,才知道王钦是辽国的奸细。真宗大怒:"朕当年是看他有些才华,才重用他。没想到这个奸贼骗取了朕的信任,却藏奸误国,迫害忠良,屡屡做出有损国家的事。因为他是朕的老部下了,所以朕一直对他网开一面,谁知这个忘恩负义的东西，竟然通敌卖国，险些断送了朕的江山！一定要抓住他！"

八王说道："王钦实在是罪恶滔天，我想他此刻应该还没有跑远，我命人骑快马追击搜捕，布下天罗地网，不信抓不到这个奸贼！"真宗应允，于是派杨宗保带人追捕王钦。杨宗保得令，带兵来到北门，守军将士说："刚才有一个道士出城，慌慌张张的，很是可疑。"杨宗保一听，心想："这个奸贼肯定是要渡过黄河，逃回他的老家去。"于是带领士兵快马加鞭，直奔黄河渡口而来。

此时王钦刚刚来到黄河渡口，看见渡口有一艘渡船。王钦急忙向艄公喊道："老人家，请您赶紧把我渡到河对岸去，我多多地给您钱！"艄公一听，很高兴，于是把船撑到岸边，王钦赶紧跳上渡船，老艄公随即就划动渡船，向黄河对岸驶去。眼看就要划到岸边了，不知怎么回事，忽然间，狂风大作，冲着渡船逆向吹来，渡船一时间无法靠岸。老艄公说道："风势太大了，很难划过去，还是等大风稍稍平息了，我再靠岸。"王钦无奈，只得等待。

正在这时，只见汴京方向征尘飞起，几十匹快马飞驰来到岸边。王钦一看，就认出是杨宗保，心想："一定是来捉拿我的。"于是赶紧到篷下躲避，悄声对老艄公说道："不要对他们说我在这里，我把身上的财宝都给你。"老艄公见此情景，心里觉得可疑。此时杨宗保在岸上高声对老艄公喊道："老人家，有没有看到一个道士过河去了？"王钦低声嘱咐道："就说那道士已经渡过河去很长时间了。"老艄公对宗保说道："将军要找的道士是什么人啊？"宗保说道："那道士是朝廷的枢密使王钦，他是辽国的奸细，我们奉命抓他回去！"老艄公一听，心想："原来是王钦那个坏蛋！自从这个人当权，年年派官吏来搅扰我们的生意，让我们不得安生。原来他竟然是辽国的奸细！哈哈，你今天落在了我的手里，还想逃？"随即把船划回岸边，对宗保说道："此人就在我的船上。"

王钦没有想到老艄公会这样做,一时间无法逃脱。杨宗保上船把他抓住,捆绑着带回汴京。这正是:

善恶到头终有报,只争来早与来迟。

杨宗保回到汴京,报告真宗皇帝:"王钦已经抓到。"真宗命人把他押上来。真宗一见王钦,不禁怒从中来,说道:"你这个忘恩负义的小人!朕对你宽容优待,恩宠有加,你却来谋取朕的江山!真是罪该万死!"随即下令把王钦凌迟处死,用以警示后人。后人有诗写道:

作恶年深祸亦深,试看今日戮王钦。

苍天报应无私眼,不便登行竟被擒。

王钦被处死了,真宗心有余悸,对八王说:"如今看来,王钦以往对朕说的话,很多都是欺骗朕的谎言,朕为什么就觉察不出来呢?以至于被他蛊惑,不辨忠奸。"八王说:"常言说得好:'大诈似忠,大伪似真。'越是奸诈的人就越会处心积虑地想办法骗取您的信任,越是谎言就越是会有好的包装。陛下身居深宫之内,很难辨出真伪啊!"

真宗对八王说:"现在辽国已经平定,我们俘虏的辽国贵族、官僚,应该如何处置?"八王说:"既然辽人已经臣服大宋,陛下应当把他们放回幽州,让他们来管理辽国事务,每年向大宋天朝朝拜进贡就可以了。从此以后,我们的边境自然就会安定了。"于是真宗传旨,赦免辽国太子和被俘的辽国大臣。命辽国太子继续作辽国的一国之主,大臣们辅佐国主治理大辽的臣民;辽国臣服于大宋,每年要向大宋朝拜进贡。辽国太子以及被俘大臣都跪倒谢恩,答应回到幽州要勤谨治国,安抚百姓,不再生出事端,扰乱边境。真宗又赐给了辽国太子一件金织蟒衣,其他赏赐也很丰厚。太子跪拜领命,当日就率领大臣们赶赴幽州。

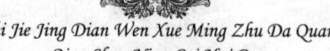

大宋的天禧元年二月，真宗特意召来八王，商议如何封赏征辽的立功将士。八王说道："赏赐有功之臣，是对忠心为国的将士的一种奖励，可以激励将士们奋勇杀敌，是建设国家的长远之计。现在四方宁静，边境无忧，圣上要做到赏罚分明，就要论功封赏将士们。"于是，八王辅助真宗拟出封赏名单。

第二天，真宗亲自拟写出圣旨，封赏众位立功将士：

封杨延昭为代州节度使，兼南北都招讨；杨宗保为阶州节度使，兼京城内外都巡抚；杨延朗因为攻取幽州之时立下大功，封为泰州镇抚节度副使；封八娘为金花上将军；封九妹为银花上将军；封穆桂英为诰命副将军。另有岳胜、孟良、焦赞等六郎手下将领，全部封为团练使。呼延赞、金头马氏等立功将领也各有封赏。

忽然有人来报："大将军呼延赞夜间突然中风，病重离世了！"真宗听到报告，悲痛万分，对朝中大臣说道："呼延赞自从来到朝廷，忠心耿耿，尽职尽责，却没有享受过一天的安宁。我们刚刚平定了辽国，他就离世了！我们大宋失去了一个栋梁之臣啊！"随即下令厚葬呼延赞，赐给他谥号忠国公。后人有诗称赞呼延赞：

愤仇已雪出河东，为国勤劳建大功。

不意将星中夜落，令人千古恨难穷。

杨六郎接受封赏之后，到殿前谢恩。六郎拜倒，说道："臣蒙受陛下厚恩，心中不胜感激。本来应该即刻赴任，只是臣的家中还有老母亲。母亲年迈，请求陛下宽限几日，允许我晚一些再到任所。"真宗说道："将军所说的确实是实情，你可以暂时不到任所，先在老母亲跟前尽一尽孝心吧！"杨六郎谢恩退下。

六郎从大殿退出,回到府中。岳胜、孟良、焦赞、柴敢等人都在府中等候。六郎召过岳胜等人,说道:"圣上论功升赏,封给了大家官职,你们可以享受国家发给的俸禄,光宗耀祖,也不枉这些年跟随我征战沙场啊!你们有幸赶上清平盛世,应该感谢皇恩浩荡,尽快赶赴自己的任所,勤谨为国,千万不要荒淫误事!"

岳胜说道:"我们这些人本来是凭借着将军的威风,立了一点点小功,我们能有今天,全是将军您的提携啊!这些年,我们日夜奋战在一起,现在我们要远离将军而去,实在是舍不得啊!"六郎说道:"皇帝恩典,给大家官做,本来是好事啊,何必说什么离别之情呢?你们要告诉你们的部下,愿意随同你们一起到任所赴任的,就一同前去;不愿一同前去的,就多发给他们银两,让他们回家。"

岳胜等人听了,都纷纷点头赞同。大家和六郎拜别,临行时,六郎嘱咐大家说:"你们到了任所之后,一定要尽职尽责,不能渎职懈怠。"大家一一牢记。当时只有孟良、焦赞、陈林、柴敢、郎千、郎万六人,等候六郎离京,然后起程。

孟良对六郎说:"三关寨的守军还不知道我们的情况,将军还需要派人去通知他们。"六郎于是派陈林、柴敢、郎千、郎万前往三关寨,调回守军,并把寨中积聚的财物一同带回府中。

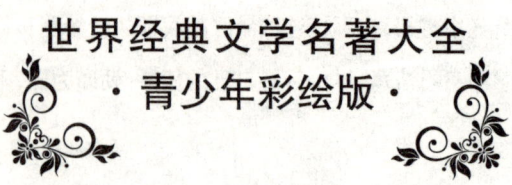

第三十一回

忠孟良盗遗骨误杀焦赞

杨六郎把部下安排妥当,就暂时在家中奉养母亲。此时正是九月天气,风清气爽,云汉湛清。这一天晚上,六郎闲来在庭下散步,仰望天空,星河满天,追忆自己的戎马生涯,想起与自己生死与共的部下,不禁感慨万分,于是吟诵出一首词:

"惨结秋阴西风送,丝丝露湿凝望眼。征鸿几字暮,投沙碛。欲往乡关何处是?水云浩荡连南北。但修眉一抹有无中,遥山色。

天涯路,江上客;情已断,头应白;空搔首兴叹,暮年离隔。欲持忘忧除是酒,奈酒行欲尽愁无极。便挽江水入樽罍,浇胸臆。"

六郎回到屋内,正要解衣睡觉,忽然间窗外刮来一阵风,恍惚间,六郎好像看见一个人立在窗下。六郎起身观看,竟然是自己的父亲杨业。六郎大惊,赶紧跪倒说道:

"父亲大人已经去世很久了,怎么今天会在这里相见?"杨业说道:"孩儿不用多礼。我已经被玉皇大帝封为威望之神,只是我的尸骨还在辽国,孩儿还是把我的尸骨取回来安葬吧!不要让我的孤魂在外漂泊。"

六郎非常吃惊,说道:"十几年前,我已经派孟良到幽州把您的尸骨取回来安葬了,父亲为什么说孤魂还在异乡漂泊?"杨业说道:"你哪里知道萧太后的计谋啊?你去问问延朗,他会告诉你是怎么回事。"说完,就化为一阵凄风而去。六郎痴呆半响,似梦非梦,恍惚迷离。

好不容易到了天明,六郎赶紧拜见母亲,把昨夜看到父亲的事告诉了老夫人。老夫人说:"一定是你父亲的英灵来找你,莫非那年取回的尸骨是假的?还是赶紧把四郎叫来问问吧!"延朗来到母亲面前,老夫人问道:"昨夜六郎看见了你的父亲,说他的尸骨还在辽国。真是这样吗?"

四郎大吃一惊,说道:"母亲不说这事,我也正要对您讲呢!当时萧太后怕宋朝人来盗取父亲尸骨,就把假的藏在红羊洞,真的还留在望乡台。当年,孟良盗走的就是假尸骨。昨夜一定是父亲显灵。"老夫人说:"现在辽国已经归顺大宋了,我们就派人去取回来,也不是什么难事。"杨六郎说道:"辽国人非常惧怕我父亲,现在已经把他视为威望之神来加以供奉。我们派人去取,他们一定不肯把真的给我们,还会找个假的来代替的!不如我们仍旧让孟良前去辽国,把尸骨偷回来吧!"四郎说:"六弟说得很有道理。"

杨六郎回到府中,召来孟良,对他说:"有一件紧要的事,要派你前去。"孟良说道:"将军的事,就是我的事,孟良任由将军差遣,就算是赴汤蹈火,也在所不辞!"六郎说:"我知道派你去,一定能把事情办好。十几年前,你从幽州盗回的令公尸骨是假的,真的现在藏在幽州望乡台。你到那里,偷偷把尸骨取回来,不要让辽人知道。"孟良说道:"将军放心,我们和辽国交兵的时候,我都能把尸骨偷回来,现在我们已经和平相处了,这还有什么难的?"六郎嘱咐道:"虽然如此,只恐怕辽人看守严密,你还是要小心行事!"孟良点头答应。

焦赞看到府中的人好像在商议什么大事,偷偷向知情人打听,有人告诉他说:"六将军吩咐孟良前往幽州望乡台,取回令公遗骨安葬。"焦赞心想:"孟良多次为将军效力,我却从来没有帮助将军做什么大事。不如我抢先赶到那里,偷偷把遗骨取回,岂不是我立下一件大功?"想到这里,焦赞偷偷溜出杨府,前往幽州而去。

孟良连夜赶往幽州城,到城下之时已经是黄昏时分。孟良假扮作辽人,来到望乡台。眼看天色黑了下来,孟良趁守军不注意的时候,悄悄登上台上,果然看见一个香匣,内中装有尸骨。孟良心中暗想:"那年盗走的,确实与这个不同。"于是解开身上带的包袱,连同木匣一起用包袱裹好,背着走下台来。走到中台的时候,突然觉得有一只手摸到了他的脚跟。孟良大惊,天黑看不清楚来人是谁,以为是辽人赶到,左手抽出利斧,一斧劈下,正中来人头顶。

孟良赶紧走到台下,刚要离开,忽然心中纳闷:"辽人巡逻,怎么就一个人?"孟良觉得事情有些蹊跷,连忙走到那个被他劈死的人近前,借着星光一看,不禁大惊失色,那人竟然是焦赞!孟良不禁仰天大哭。本来是想为杨将军盗回令公遗骨,谁知竟然误杀患难与共的兄弟,孟良觉得自己就是死了也无法为自己赎罪。

孟良连夜出城,见到一个巡逻的士兵,孟良抓住他问道:"你是哪一路的士兵?"那士兵回答道:"我不是辽人,是大宋的老兵,流落到辽国。"孟良说:"那好,我有一个包袱,求你帮我带到汴京无佞府,交给杨六郎将军,必有重谢。"那

个士兵接过包袱,前往汴京而去。

孟良又回到望乡台,把焦赞的尸体背出城外,自己拔出佩刀,连声大叫:"焦赞!焦赞!是我误杀了你,我现在来陪你了!"随即自刎而亡。可惜两位三关将士,战场上冲杀了几十年,却双双丧命幽州城外。后人称赞孟良,说道:

英雄塞下立功时,百战番兵遁莫支。

今日北地归主命,行人到此泪沾衣。

又有诗歌来赞颂焦赞曰:

匹马南关勇自然,新坚突阵敢当先。

太平未许英雄见,致使身骸卒北边。

杨六郎自从派走孟良之后,不知为何,心中一直惴惴不安。夜里睡到半夜之时,忽然梦见孟良、焦赞满身是血地闯进来。二人拜见六郎,说道:"我们蒙受将军大恩,不能报答将军了,现在来向将军辞行的!"六郎大惊,一下子从梦中惊醒。六郎心中惊疑不定。好不容易到了天明,府中有人来报,说道:"焦赞偷偷溜出去,前往幽州了。"六郎大惊,心中知道不妙。正在这时,有人来报:"门外有一个士兵要见将军。"

杨六郎请进来人,士兵说道:"有一个壮士要我把这个包袱交给杨将军。"六郎解开一看,里面包着令公遗骨,六郎知道孟良、焦赞一定是出了问题。六郎命人取来白银十两赏给那士兵,随即派人火速赶往幽州,察访二人下落。

六郎很快就得到报告,在幽州城外发现二人尸体。六郎哀痛不已,想二人和自己同生共死,征战沙场,没想到竟然这样命丧他乡。于是命人取回二人尸体,隆重安葬。真宗得知,也是哀痛不已,念他们护驾有功,赠给二人谥号为忠

诚侯。

六郎安葬了二人,回到府中,心中仍是怅然不悦,常常是闭门不出,也无心到任所赴任了。过了几天,杨六郎就重病不起了。老夫人得知,赶紧与延朗、宗保等人一同前来问候。六郎对老夫人说:"儿子这病很难治好了。母亲要保重身体,不要因此过度悲伤。"又对宗保说道:"从你祖父起,我们杨家就效忠大宋朝廷,朝廷对我们杨家恩宠有加,我就要离开这个世界了,你一定要孝敬祖母和母亲,要忠于国家,保家卫国,不要丢了我们杨家的脸!"宗保流下泪来,跪拜受命。六使嘱咐完毕,又对四郎杨延朗说:"四哥要好好照顾母亲,我不能在母亲跟前尽孝了,一切就都靠你了!"说完就离开了人世,终年四十八岁。

杨延昭一生征战沙场,立下战功无数,堪称大宋江山的万里长城。他的离世是宋朝的一大损失。老夫人悲痛万分,汴京的军民听说杨六郎去世,都哀痛不已,纷纷悼念他。满朝文武都为六郎的逝去而痛惜不已。真宗皇帝叹息说:"国家失去了一个栋梁之才啊!"于是封杨延昭为成国公。并且下令,用王爷的礼节来安葬杨六郎。这正是:

慷慨归朝志愿酬,将军正尔得封侯。

于今坟上无情土,野草离离几度秋。

一代将星陨落,举国为之哀痛。杨宗保安葬了父亲,继承父辈遗志,率领自己手下的亲兵,保卫汴京,为国家尽忠,仍不失杨家将忠勇的英雄风范。

第一辑
格林童话
安徒生童话
王尔德童话
爱丽丝漫游奇境记
绿野仙踪
列那狐的故事
小鹿斑比
水孩子
小公主
秘密花园

第二辑
东周列国志
三十六计
杨家将
史记故事
孙子兵法
森林报
昆虫记
福尔摩斯探案故事
莎士比亚悲剧集
莎士比亚喜剧集

第三辑
好兵帅克历险记
苦儿流浪记
孤女寻亲记
堂吉诃德
飘
简·爱
呼啸山庄
傲慢与偏见
一千零一夜
欧也妮·葛朗台

第四辑
伊索寓言
王子与贫儿
鲁滨逊漂流记
尼尔斯骑鹅旅行记
汤姆·索亚历险记
哈克贝利·费恩历险记
金银岛
神秘岛
白鲸
海底两万里

第五辑
名人传
战争与和平
猎人笔记
双城记
童年·在人间·我的大学
茶花女
漂亮朋友
野性的呼唤
红与黑
父与子

第六辑
国学经典
包公案
狄公案
济公传
老残游记
儒林外史
儿女英雄传
古文观止
三言
二拍

第七辑
悲惨世界
巴黎圣母院
三个火枪手
上尉的女儿
理智与情感
基督山伯爵
钢铁是怎样炼成的
莫泊桑短篇小说选
汤姆叔叔的小屋
雾都孤儿

第八辑
红楼梦
西游记
三国演义
水浒传
聊斋志异
说岳全传
三侠五义
封神演义
隋唐演义
镜花缘

第九辑
弃儿汤姆·琼斯史
小妇人
母亲
小海蒂
柳林风声
唐宋传奇
搜神记
曾国藩家书
琵琶记
元代戏曲选编

第十辑
波丽安娜
海狼
红字
高老头
包法利夫人
苔丝
复活
名利场
罪与罚
死魂灵
希腊神话
木偶奇遇记